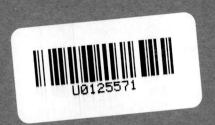

一蓑烟雨任平生——苏轼词·下

叶嘉莹｜主编　陆有富｜注

台海出版社

目录

莫道先生疏格律，行云流水见高风

苏轼词·下

人生忽如寄，诗酒趁年华

苏轼小传

笑渐不闻声渐悄，
多情却被无情恼。

苏轼词·下

莫道先生疏格律，行云流水见高风

三

捋青捣麨俗偏好，曲港圆荷俪亦工。

莫道先生疏格律，行云流水见高风。

在前两首绝句的讨论中，我们曾提出了苏轼天性中原禀赋有用世之志意与超旷之襟怀两种特质，以及此二种特质在其词之写作中，所形成的“如天风海涛之曲，中多幽咽怨断之音”的特殊而可贵的风格。这种风格可以说是苏轼词中最高的成就和最重要的主调，也是他天性中之本质在词中的自然流露。而另外我们在第一首绝句的讨论中，则还曾提到过苏轼对词之写作，原是带着一种有意想要开拓创新之觉醒的。苏轼在词之发展方面的成就，就正是他的足以开拓的天性之资禀，与他的有意为之的开拓的理念相互结合所获致的一种成果。而当时北宋词坛的一般作者，却并没有能够完全接受和追随他的开拓。这一则是因为别人既没有像苏轼一样过人的资禀，再则也因为别人并没有像苏轼一样开拓之理念的缘故。所以陈师道《后山诗话》乃谓“子瞻以诗为词”，又曰：“虽极天下之工，要非本色。”这正是当时一般人对苏词的看法。直到由北宋转入南宋的杰出女词人李清照也依然保持这种看法，所以李清照虽然在其诗作中也曾写出过像“至今思项羽，不肯过江东”和“木兰横戈好女子，老矣不复志千里，但愿相将渡淮水”之类的豪壮的句子，但在她的词中，却绝没有此种风格的作品。这便可见其天性中纵然也未尝没有可以为词做出开拓的本质，但在理念中却缺乏此种开拓之觉醒，总以为词应该“别是一家”，所以对于苏词才会有“皆句读不葺之诗耳”的讥评。而苏轼之于词，却是既具有为之开拓的资质也具有意欲为之开拓的理念的一位作者，既然具有此一理念，所以在苏词中，除了由其本质所形成的超旷之主调以外，他便也还曾做过各种不同风格的多方面的尝试。

简单举些例证来看，即如他的一首《江城子》（老夫聊发少年狂）词中所写的“会挽雕弓如满月，西北望，射天狼”和他的另一首《南乡子》（旌旆满江湖）词中所写的“诏发楼船万舳舻”及“帕首腰刀是丈夫”，其豪放之致，在词中便是一种明显的开拓。此外，如其为李公择生子而写的《减字木兰花》（惟熊佳梦）一首词，其中的“多谢无功，此事如何著得侬”，和他的另一首为迎紫姑神而写的《少年游》（玉肌铅粉傲秋霜）词，其中的“谁能借箸，无复似张良”诸作，则都是以游戏笔墨写的嬉笑谑浪之辞。

再如其赠润守许仲涂的另一首《减字木兰花》（郑庄好客），则更以妓女之名字嵌入词中，全词八句，分别以“郑容落籍，高莹从良”八字为句首，则是以词为文字游戏矣。更如其另一首《减字木兰花·送东武令赵昶失官归海州》词，其开端之“贤哉令尹，三仕已之无喜愠”，则又将经书《论语》之句融入小词之中；又如其在泗州雍熙塔下所作的两首《如梦令》（水垢何曾相受、自净方能净彼），则是以小词写名理禅机。

至于其《浣溪沙·徐门石潭谢雨道上作五首》，其“麻叶层层苘叶光”及“捋青捣麨软饥肠”等句，则又以乡俚之语写田野农家风物，表现得极为朴质自然。而其作于燕子楼之《永遇乐》(明月如霜),则又以“明月如霜,好风如水”“曲港跳鱼,圆荷泻露”及“紞如三鼓,铿然一叶”一系列骈偶之句,来写静夜之景色,又表现得极为工整清丽。他如其《卜算子》(缺月挂疏桐)一首写孤鸿之幽意深远;《水龙吟》(似花还似非花)一首,写杨花之柔致缠绵,则不仅有随物赋形之妙,且对南宋之咏物词也具有相当之影响。总之,苏轼对于小词之写作,是不仅有杰出之成就,也有广泛之拓展的。以上,我们不过只是简单举引一些例证,便已经足可以见出其内容及风格之多彩多姿之一斑了。

苏轼自己对于他在词中的拓展,也颇为自负,而这种自负之意,又可以分为两个不同的阶段:第一个阶段是当他由杭州通判转知密州及徐州之际,这时他对词境的拓展,已有了初步的成就,这种自负之意曾表现于他给鲜于子骏的书简中,所谓“亦自是一家”者是也;第二个阶段则是经过了黄州的贬谪,他在元祐年间又再度入朝的时候,这时他已写出了不少名篇杰作,完成了他自己所特具的超旷之风格的最高成就。宋人俞文豹《吹剑续录》所载,他在玉堂之日,曾问幕士自己作的词比柳永何如。当幕士回答说“柳郎中词,只好十七八女子执红牙板唱‘杨柳岸晓风残月’；学士词，须关西大汉执铁板唱‘大江东去’”时，苏轼曾经“为之绝倒”。其自负之意亦复如在目前。

至于我们对于苏词所做出的开拓，应该采取怎样的态度，则我以为可以将之主要区分为后人可以学习及后人不可以学习的两类来看待。先谈后人不可以学习的一类，那就是我们在前一首绝句之讨论中所曾经提出的，苏词中之以超旷为主调，但在其“天风海涛之曲”中，却又含有“幽咽怨断之音”的作品。这一类词，是苏轼的用世之志意与其超旷之襟怀相融会所达成的最高境界，是后世既无其学问志意更无其性情襟抱的人无论怎样也无法学习到的。这是在苏词之开拓中，所表现出的一部分最可宝贵的成就。再谈后人可以学习的一类，则我以为苏词对后世之影响，可以说是功过参半的。

先就其有功的一方面而言，则苏词之“一洗绮罗香泽之态”，确实有使天下人“耳目一新”之功。这在与苏轼同时代的一些词人，虽然尚未能完全接受，而对以后南宋之词人，则形成了相当大的影响。即如胡寅为向子諲写《酒边词序》，即曾言：“芗林居士步趋苏堂而哜其胾者。”黄昇《花庵词选》论陈与义之词，亦曾云“识者谓其可摩坡仙之垒也”。唐圭璋《宋词三百首笺注》于叶梦得词，亦曾引关注之言，谓“其合处不减东坡”。其他如张元幹的豪壮之篇，朱敦儒的闲放之什，便也都留有受到苏词之影响的痕迹。至于张孝祥之为词，则更是有意学苏的（谢尧仁《张于湖先生集序》，可以参看）。而其中最值得注意的一位重要的作者，自然便是被后人与苏轼并称的南宋词坛上最伟大的作者辛弃疾。本来我们在前一首绝句的讨论中，也曾提出过辛弃疾来与苏轼相比较，不过在那一篇的讨论中，我们的重点是在于要说明两家的不同之处。唯其苏、辛有相似之处，所以才要分辨出其中相异之差别，这与我们论及苏轼与柳永之关系时，曾提出二人在兴象高远之一点有可以相通之处，也是因为柳、苏二家之风格迥异，所以才要在其相异之中分辨出可以相通之处的道理一样。这正是有才识的大作家之善于汲取及变化的本领，也是论文学之演进者所不可不注意的观察角度。如果说苏词得之于柳的，是其兴象高远之启发，那么辛词所得之于苏者，则正是苏轼在词之开拓中所表现的“无意不可入，无事不可言”的魄力和眼界。不仅凡是以上我们所举出的苏词在开拓中所完成的各种意境与风格，辛词无不有之，而且辛词还更曾以其纵横不世之才，抑塞难申之气，突破了苏词的范畴，完成了他自己的更为杰出也更为博大的成就。纳兰性德《渌水亭杂识》卷四即曾云：“词虽苏、辛并称，而辛实胜苏。”周济《介存斋论词杂著》亦云：“世以苏、辛并称，苏之自在处，辛偶能到；辛之当行处，苏必不能到。”关于苏、辛同异之详细差别，我们只好等到论辛词时再加细述，这里只好从略了。总之，苏词之开拓，对于南宋辛弃疾诸人之影响，是极为重大的。《四库全书提要》即曾谓词之演进，“至柳永而一变，至轼而又一变，遂开南宋辛弃疾等一派”。这自然是苏词影响后世之有功的一面。

至于其有过的一方面，则我以为主要乃当归过于其率意之笔及游戏之作。关于苏词之用笔率易之病，我们在前一首绝句之讨论中，已曾举例说明，且曾引周济《介存斋论词杂著》之言，谓：“东坡每事俱不十分用力，古文、书、画皆尔，词亦尔。”此言实甚为有见。至其所以然者，则我以为一则盖由于苏轼之才大，他人所千思百虑而不可得者，苏轼乃可以谈笑得之，故有时乃不免有率意之病；再则亦由于苏轼之性情超旷，遂尔不甚斤斤于形迹，故有时乃不免有脱略之处。这是造成苏词之有时不免率易之笔的两个主要原因。至于其好为游戏之作，则如本文前面所举例证中，其为李公择生子而作的一首《减字木兰花》词，便不仅词句谐谑而已，词前小序中亦曾有“乃为作此戏之，举坐皆绝倒”之言。其另一首为迎紫姑神而写的《少年游》（玉肌铅粉傲秋霜）词，词前小序亦曾有“乃以此戏之”之言。再如其在泗州雍熙塔下所作的两首《如梦令》小词，词前小序便亦有“戏作《如梦令》两阕”之言。此外，如其赠润守许仲涂之一首《减字木兰花》词，则词前小序虽无“戏作”字样，然其“以‘郑容落籍，高莹从良’为句首”之语，乃是说明此词要以妓女之名字嵌入句首，则其为游戏笔墨，亦复可知。从这些词例，足可说明苏轼之好以游戏笔墨来写作小词。至其所以然者，则我以为主要亦可归纳为二因：一则因为苏轼之性情坦率乐观，富有风趣，故好为游戏之作；再则也因为词之写作，在当时本来就未尝被视为严肃的作品，这可以说是造成苏词中多有游戏之作的主要原因。

以上我们所谈到的率易之笔与游戏之作两点，就苏词本身言之，本不过为大醇之小疵，未足深病。盖凡属天资禀赋属于超放一型之天才，其创作便常不免如长江大河之挟泥沙以俱下。古人有云："江海不择细流，故能就其深。"这一类天才之小疵与其大醇的飞扬博大之成就，常是结合而不可分的，而另一种属于粼粼清泚之型的才人，每当有所写作，必字斟句酌而后出者，则虽无泥沙之渣滓，而往往也就难成其为泱漭之洪流矣。所以就苏轼本人而言，若将其小疵与大醇相较，则他的这些小的疵病，原是可以谅解的。只不过若就其对后世的影响而言，则有一些庸俗浅薄之辈，对苏词之佳处所在，往往并不能真正欣赏了解，而只能以浅拙之笔写一些粗率之作与游戏之辞，自以为源于苏轼，则始作俑者，苏轼亦不能辞其咎矣。

以上我们既对苏词多样风格之开拓及其得失功过，做了简单的说明。另有一点，我们也要讨论的，则是苏词往往有不尽合律之处的问题。胡仔《苕溪渔隐丛话》后集卷卅三引晁无咎评本朝乐章之语，即曾云："东坡词，人谓多不谐音律。"陆游亦曾云："世言东坡不能歌，故所作乐府词多不协律。晁以道谓：'绍圣初，与东坡别于汴上，东坡酒酣，自歌《阳关曲》'，则公非不能歌，但豪放，不喜剪裁以就声律耳。"（见《历代诗余》卷一百十五《词话》宋二）从这些叙述来看，苏轼词之多有不合律之处，盖原为人所共见之事实。

至其所以多不协律之原因，则有两种不同的说法。一则以为“东坡不能歌”，故其词多不协律；又则以为苏轼非不能歌，唯因性情豪放，故“不喜剪裁以就声律耳”。兹先就苏轼是否能歌的问题来谈，则本文第一节中，曾引苏轼致其族兄子明的一封信，其中谓：“记得应举时，见兄能讴歌，甚妙。弟虽不会，然常令人唱为何词。”据此可知苏轼青年时代本不能歌。至于晁以道所谓苏轼曾歌《阳关曲》云云者，则已为绍圣年间之事，距离其嘉祐年间初赴汴梁应举之时，盖已有将近四十年之久。我们以前也曾谈到苏轼之尝试为小词，是从熙宁年间出为杭州通判以后才开始的。方其致力小词之写作时，可能也曾学习吟唱之事。苏轼在贬谪黄州时，曾写有《哨遍》一词，前有小序云：“陶渊明赋归去来，有其词而无其声。余既治东坡，筑雪堂于上。人俱笑其陋，独鄱阳董毅夫过而悦之，有卜邻之意。乃取《归去来词》，稍加檃括，使就声律，以遗毅夫，使家僮歌之，时相从于东坡，释耒而和之，扣牛角而为之节，不亦乐乎？”从这段话来看，苏轼既能檃括《归去来词》“使就声律”，又可以“释耒而和之”，已足可见到苏轼自从事小词之写作以来，盖早曾习为声律吟唱之事，则其词之偶有失律之处，绝非由于不能歌或不知律的缘故，这是我们所可断言的。再则词之是否谐律，与作者之是否能歌也并无必然之关系，故此一说法可谓根本不能成立。

其次再就苏轼之“不喜剪裁以就声律”之问题言之，则苏词其实大部分都是合乎声律的，偶有少数不合律之处，不过以其天才恣纵，如晁无咎所云“横放杰出，自是曲子中缚不住者”，故不屑于斤斤计较而已。关于其不合律之现象，则我们可以举两则例证来说明两种不同的情况。其一是《水龙吟·次韵章质夫杨花词》，其最后的十三个字的长句之句读该如何点读的问题。其二则是《念奴娇·赤壁怀古》词，下半阕换头以后之“小乔初嫁了，雄姿英发”一句，每句字数之多少与音调之平仄，都与正格之格律不合的问题。先谈《水龙吟》词，此词结尾处的“细看来不是杨花点点是离人泪”十三字长句，按一般格律，原当将之标点为“细看来不是，杨花点点，是离人泪”，也就是每句字数为五、四、四的停顿，而且最后一个四字句应该是一、三的读法。但一般选注苏词者，却大多将此一句标点为“细看来不是杨花，点点是离人泪”，也就是七、六的停顿，而七字句是三、四的读法，六字句是三、三的读法。像这种情形，表面看来，虽似与一般格律不合，但这其实只是后人对苏词之标点的不同，并不能说是苏词不合格律。盖此一十三字长句之平仄，依格律，其平仄声调应是“｜－－｜｜＋－＋｜｜－－｜”（“－”代表平声，“｜”代表仄声，“+”代表平仄通用）。苏轼此结尾十三字长句之平仄，与格律完全相合，绝无不谐平仄之处。至于标点之不同，则因古人诗词之读法，原有以声律为准之读法与依文法为准之读法二种。一般说来，讲解时可依文法为准，而吟诵时则应依声律为准。一般苏词选注本将此句断为“细看来不是杨花，点点是离人泪”，是依文法的断句。但依声律，则仍可将此句读为：“细看来不是，杨花点点，是离人泪。”在“是”字下的停顿可视为“读”，不视为“句”。而“点点”二字，则既是对“杨花”之描述，也是对“泪”之描述。明白了这种情形，就可知此句本该依声律标读，“点点”二字，亦可标于“杨花”之下。如此不仅不会有文法不通之感，且由于音节之顿挫，乃更可见其情意的曲折深婉之致。若此者，当然并非苏词之不合律，而只是后人标读的不同。另外，在苏词中还有些别的长句，也有类似情形，读者可自己寻绎得之，因篇幅所限，就不再更为辞费了。

至于另一则例证《念奴娇·赤壁怀古》词，其下半阕换头以下之“小乔初嫁了，雄姿英发”二句，据万树《词律》，于此调之用仄韵者，仅收辛弃疾之“野棠花落”一首为正格及苏轼此词为别格，且加有按语曰：“《念奴娇》用仄韵者，惟此二格止矣。盖因‘小乔’至‘英发’九字，用上五下四，遂分二格。”盖在辛氏之《念奴娇》（野棠花落）一词中，此换头以下之两句，乃是“行人曾见，帘底纤纤月”。其断句为上四下五，为一般习用之常格也。但苏词与辛词格式相异者，原来还不仅只是两句之断句字数不同而已，其平仄之声调也并不相同。辛词这九个字的声调是“－－－｜－｜－－｜”而苏词这九个字的声调则是“｜－－｜｜－－－｜”，二者相比较，除开端首字之平仄往往可以通用之外，其主要之差别盖在后五字之声调，辛词是“－｜－－｜”，而苏词则是“｜－－－｜”，且将第一字之“｜“声（即“了”字）断入上句。如此，则表面看来，苏词便与辛词所代表之《念奴娇》常格，就同时既有了断句之不同，又有了平仄之不同的双重差异。这正是苏词之所以留给读者一个“不谐音律”之印象的主要缘故。

不过这种判断并不完全正确。首先我们该注意的是苏之时代在前，而辛之时代在后，虽然辛词《念奴娇》之格式在后世较为通行，因此被万树《词律》认为正格，但我们却不该仅据此格便认定苏词为不谐律，而当看一看与苏轼同时或较早之作者，他们所写的《念奴娇》的格式是怎样的。如此我们就会发现，原来苏词的平仄才是当时通行的格式。举例来看，即如北宋中叶的名臣韩琦有一位门客，名叫沈唐，曾写有一首《念奴娇》（杏花过雨），其换头以下的两句是“多情因甚，有轻离轻拆”（见《全宋词》），后五字之平仄便是“｜－－－｜”。又如与苏轼同时之黄庭坚，也曾写有一首《念奴娇》（断虹霁雨），其换头以下此二句是“晚凉幽径，绕张园森木”，后五字之平仄亦同。如此便可见当时之《念奴娇》词，本有此一格式，是则苏词之平仄，原无所谓“不谐律”之处也。至于其断句之问题，则此处九字一气贯下，原来也是一个长句，中间句读亦未始不可微有变化。即如沈唐之“多情因甚有轻离轻拆”及黄庭坚之“晚凉幽径绕张园森木”，如果我们读时在沈词之“有”字下略顿，或在黄词之“绕”字下略顿，都未尝不可。只不过苏词所用之“了”字，是个语尾助词，遂使此一九字长句于此处截然断开，反而失去了原来之欲断还连的曲折婉转之致，如此而已，实在也不能说是什么严重的“不谐律”。

再有一点值得注意的是，就在苏轼写了前一首《念奴娇·赤壁怀古》以后不久，他还曾写了另一首题为《中秋》的《念奴娇》(凭高眺远)。换头以下的两句是“举杯邀月，对影成三客”，则其断句及平仄又完全与《赤壁怀古》一首不同，而反与辛词之“野棠花落”一首全同，而这一体式，则在苏词以前反而未曾见有别家如此写过。是则此二体式究以何者为正格，或当时传唱之《念奴娇》本有此二体式，或者反而是后世流传所谓“正格”者，才是由苏轼所变化创制而出，亦未可知。盖此二首《念奴娇》词皆为苏轼在黄州所作，当时他既然已经能够把陶渊明的《归去来辞》檃括以就声律，则在词调中小作变化，原来也是可能的。除以上所讨论的被一般人认为不合律的两则明显的例证以外，其他本来还有一些每句字数多少等问题。即如苏轼曾写过几首《满江红》词，其下半阕之第七句，即有时作七个字，有时作八个字，如其题为《怀子由作》的一首《满江红》（清颍东流）此句为“衣上旧痕余苦泪”，是七个字一句，而其题为《正月十三日，雪中送文安国还朝》的另一首《满江红》（天岂无情），则此句为“不用向佳人诉离恨”，是八个字一句。盖词既原为合乐之歌辞，故于拍板缓急之间，知音律者往往可于其中加入衬字（词中加衬字者，自敦煌曲即已有之，唯不若后世元曲用衬字之习见而已）。苏词“不用向”一句，其“用”字即可视为衬字。此自为词中可以有的变化，而不得谓为“不谐律”也。

除去此种情形外，还有词句中用骈用散的问题。即如苏轼在其所作一首《永遇乐·寄孙巨源》，开端之“长忆别时，景疏楼上，明月如水。美酒清歌，流连不住，月随人千里。别来三度，孤光又满，冷落共谁同醉”，九句一气贯下，全为散行。而其另一首为燕子楼作的《永遇乐》（明月如霜），则开端之“明月如霜，好风如水，清景无限。曲港跳鱼，圆荷泻露，寂寞无人见。紞如三鼓，铮然一叶，黯黯梦云惊断”，同样的九句，却变为两句骈、一句散的三度重复，而因此遂造成此同调二词在风格及吟诵间有了很大的差别。若此等者，盖所谓才人伎俩，变化无方，固全非不谐律也。只是在此九句中有一个五字句，平仄及顿挫小有不同。前一首之“月随人千里”是“｜－－－｜”，后一首之“寂寞无人见”是“｜｜－－｜”。前一首为三、二之顿挫，后一首为二、三之顿挫。在大同中有小异，若此者则是大才之人不斤斤于小节之表现。总之，苏轼词就寻常格律来看，是确实有些“不谐律”之处的，不过，经过我们的分析，便可以了解，苏词虽有“不谐律”处，但确都掌握了基本的重点。若此者，我以为并非由于苏轼之不熟悉音律，反而正是已熟于律然后能脱去其束缚之表现，所谓“曲子中缚不住者”是也。此正如李白之于律诗，往往突破外表声律及对偶之限制，而却掌握了保持声律之优美平衡的某种本质上的重点。此亦正如骑车技术之高妙者，方能在车上做出不守常规之种种表演，而却掌握了平衡的重点，所以才不致跌落地上。至于一般无此高妙之技术者，则最好依守常规，不可胆大妄为，以免跌致血流骨折之下场。

近人为词者，也有些不遵格律，平仄句法任意妄写之人，则其作品使人读之根本无法上口。盖诗词原为美文，音律之美为其最重要之一种质素，苏轼纵有不合一般外表格律之处，然而却自有其自己所掌握的韵律之美的基本质素。近人则破坏旧有格律之后，并不知且不能掌握自己的韵律之美，遂成为拗涩槎牙，不可卒读。若此者，固不得引坡公为例而自我解嘲也。

叶嘉莹

◎减字木兰花

二月十五日夜与赵德麟小酌聚星堂。

春庭月午，摇荡香醪光欲舞。步转回廊，半落梅花婉娩香。

轻烟薄雾，总是少年行乐处。不是秋光，只与离人照断肠。

题解

作于宋哲宗元祐七年（1092）正月。傅本有题注曰：“按赵德麟《侯鲭录》云：‘元祐七年正月，东坡在汝阴，州堂前梅花大开，月色鲜霁。’王夫人曰：‘春月色胜如秋月色，秋月令人凄惨，春月令人和悦。何如召赵德麟辈来，饮此花下。’先生大喜曰：‘吾不知子亦能诗耶，此真诗家语耳。’遂召德麟饮，因作此词。”

注释

- **赵德麟：**名令畤，初字景贶，苏轼为之改字德麟，自号聊复翁，又号藏六居士。宋太祖次子燕懿王德昭之后。元祐六年（1091）签书颍州公事，苏轼为知州，荐其才于朝。后苏轼被贬，他亦牵连被罚。其与苏轼多有唱酬。
- **聚星堂：**《正德颍州志》：“宋欧阳文忠公守颍，倅佐吕正献，而其先政如晏殊、蔡齐、曾肇、韩琦皆名公，故欧公建堂治内，题曰‘聚星’。”
- **月午：**月至午夜。唐·李贺《感讽五首》其三诗：“月午树无影，一山唯白晓。”

- **“摇荡”句：**谓梅香如酒香飘荡，梅枝在月光下欲舞。汉·司马相如《子虚赋》：“随风澹淡，与波摇荡。”醪，原指汁滓相混合的酒，俗称浊酒。这里泛指美酒。

- **婉娩：**柔顺貌。原指女子的容貌，此处代指落梅的花香。《礼记·内则》：“女子十年不出，姆教婉娩听从。”

- **不是秋光：**谓春月的光亮不似秋月般令人感觉凄凉。宋·陈师道《后山诗话》：“苏公居颍，春夜对月。王夫人云：‘春月可喜，秋月使人生愁。’”

◎满江红

怀子由作

清颍东流，愁来送、征鸿去翮。情乱处、青山白浪，万重千叠。孤负当年林下语，对床夜雨听萧瑟。恨此生、长向别离中，雕华发。

一尊酒，黄河侧。无限事，从头说。相看恍如昨，许多年月。衣上旧痕余苦泪，眉间喜气占黄色。便与君、池上觅残春，花如雪。

荇菜

题解

作于宋哲宗元祐七年（1092）二月之“残春”季节。傅注：“子由幼从子瞻读书，未尝一日相舍。既仕，将游宦四方，子由尝读韦苏州诗，有‘那知风雨夜，复此对床眠’，恻然感之，乃相约早退，为闲居之乐。”全词即物写情，幻想着与弟弟见面的美好情景，充分展现了词人对弟弟的思念之情及兄弟二人之间的深厚感情。

注释

- **征鸿：** 远飞的大雁。唐·刘长卿《送李二十四移家之江州》诗：“逋客多南渡，征鸿自北飞。”
- **翮（hé）：** 指鸟的翅膀。三国魏·曹植《送应氏二首》其二诗：“愿为比翼鸟，施翮起高翔。”
- **青山白浪：** 青翠的山岭和雪白的波浪。唐·卢纶《送元昱尉义兴》诗：“白浪缘江雨，青山绕县花。”
- **“孤负”句：** 孤负，即辜负。林下，退隐江湖，回归山林。唐·王维《酬张少府》诗：“自顾无长策，空知返旧林。”归林即归乡。

- **对床夜语**：苏辙《栾城集》卷七《逍遥堂会宿二首》序云："辙幼从子瞻读书，未尝一日相舍。既壮，将游宦四方，读韦苏州诗，'安至风雨夜，复此对床眠'。恻然感之，乃相约早退，为闲居之乐。"

- **萧瑟**：风吹树叶的声音。三国魏·曹丕《燕歌行》诗："秋风萧瑟天气凉，草木摇落露为霜，群燕辞归雁南翔。"

- **恍**：心神不宁的样子。战国·宋玉《神女赋》序："晡夕之后，精神恍忽，若有所喜，纷纷扰扰，未知何意。"

- **"衣上"句**：衣服上仍然残余着眼泪。唐·刘希夷《捣衣篇》诗："莫言衣上有斑斑，只为思君泪相续。"

- **"眉间"句**：谓有喜事发生。傅注："《玉管照神书》曰：'气青黄色喜重重。'"

- **花如雪**：傅注："落花纷纷如雪也。"

◎浣溪沙

芍药樱桃两斗新，名园高会送芳辰。洛阳初夏广陵春。

红玉半开菩萨面，丹砂秾点柳枝唇。尊前还有个中人。

题解

作于宋哲宗元祐七年（1092）四月。王文诰《苏诗总案》卷三五："元祐七年壬申四月，颍州西湖成，和赵令畤韵赏芍药樱桃作《浣溪沙》词。"

注释

- **芳辰：**美好的时光，多指春天。唐·陈子昂《三月三日宴王明府山亭》诗："暮春嘉月，上巳芳辰。"
- **广陵春：**广陵，扬州旧称，春日盛产芍药，有"芍药甲天下"之美称。此句以扬州的芍药与洛阳的牡丹并此，谓二者美好皆备。宋·韩琦《和袁陟节推龙兴寺芍药》诗："广陵芍药真奇美，名与洛花相上天。"
- **菩萨面：**计有功《唐诗纪事》卷六六载王璘与李群玉联诗，曾有"芍药花开菩萨面"一句，此处化用其句意。
- **"丹砂"句：**树上的樱桃有如红唇一般。化用唐·白居易"樱桃樊素口，杨柳小蛮腰"之句意。
- **个中人：**此中人。

◎减字木兰花

五月二十四日，会于无咎之随斋。主人汲泉置大盆中，渍白芙蓉，坐客翛然，无复有病暑意。

回风落景，散乱东墙疏竹影。满座清微，入袖寒泉不湿衣。

梦回酒醒，百尺飞澜鸣碧井。雪洒冰麾，散落佳人白玉肌。

题解

宋哲宗元祐七年（1092）五月二十四日，作于扬州。傅藻《东坡纪年录》："元祐七年壬申，五月二十四日会无咎随斋，汲泉渍白芙蓉，不复有病暑意，作《减字木兰花》。"词作将生活小事描绘得生动如画，表现出一种清幽疏朗的境界。

注释

- **无咎：** 北宋文学家，晁补之，"字无咎，济州钜野人，太子少傅迥五世孙，宗悫之曾孙也"，"苏门四学士"之一。
- **随斋：** 晁补之在扬州读书时的书斋名。
- **芙蓉：** 荷花。战国·屈原《离骚》："制芰荷以为衣兮，集芙蓉以为裳。"
- **翛（xiāo）然：** 无拘无束、超脱自然的样子。《庄子·大宗师》："翛然而往，翛然而来而已矣。"
- **落景：** 落日余晖。唐·韦应物《晚出澧上赠崔都水诗》诗："隔林分落景，余霞明远川。"

- **清微：**清风。《诗经·大雅·烝民》：“穆如清风。”《毛传》：“清微之风，化养万物者也。”
- **百尺飞澜：**从百尺深的井中汲上来的水。唐·骆宾王《上齐州张司马启》：“言泉漱迴，惊瀑布以飞澜；文江澹清，含濯锦而翻浪。”
- **雪洒冰麾：**泉水飞溅，如同雪珠冰花一般尽情飞舞。宋·苏舜钦《扬子江观风浪》诗：“霹雳左右作，雪洒六月寒。”
- **玉肌：**形容肌肤白润如玉。唐·白居易《小岁日喜谈氏外孙女孩满月》诗：“桂燎熏花果，兰汤洗玉肌。”

◎生查子

送苏伯固

三度别君来，此别真迟暮。白尽老髭须，明日淮南去。

酒罢月随人，泪湿花如雾。后月送君时，梦绕湖边路。

题解

此词作于宋哲宗元祐七年（1092）八月。《苏诗总案》云：“八月，以龙图阁学士守兵部尚书差充南郊卤簿使召还。”此词应为离扬赴京时，与友人苏伯固的惜别之作。

注释

- **“三度”句：**《苏轼诗集》卷三五：“《古别离送苏伯固》王文诰案：‘谓别于泗上及杭州也，其一不详。’因为此次离别是东坡与苏伯固的第三次分离，故有“三度别君”之说。
- **迟暮：**原指黄昏，后引申为晚年。唐·杜甫《寄刘峡州伯华使君四十韵》诗：“迟暮嗟为客，西南喜得朋。”
- **花如雾：**年事已高，鬓发斑白，有如雾里看花。唐·杜甫《小寒食舟中作》诗：“春水船如天上坐，老年花似雾中看。”

◎青玉案

和贺方回韵，送伯固还吴中。

三年枕上吴中路，遣黄犬、随君去。若到松江呼小渡，莫惊鸳鹭。四桥尽是，老子经行处。

《辋川图》上看春暮，常记高人右丞句。作个归期天已许。春衫犹是，小蛮针线，曾湿西湖雨。

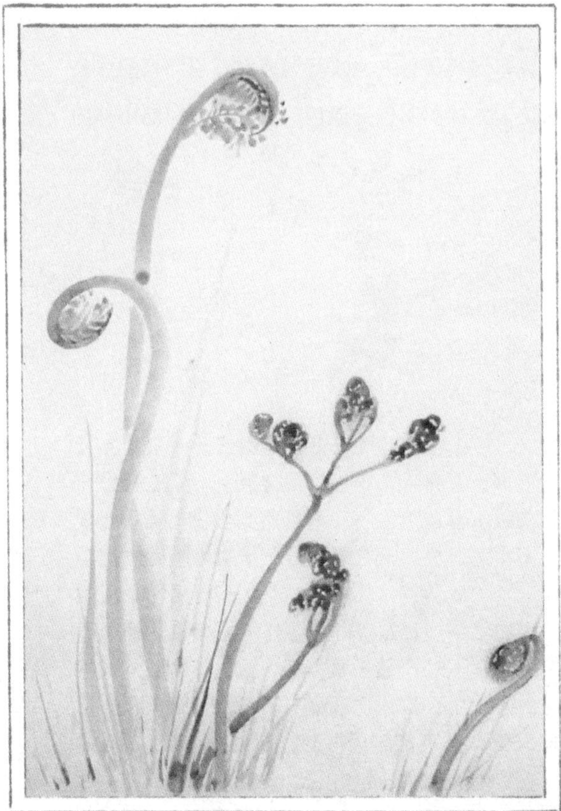

题解

元祐七年（1092）八月，作于扬州。苏坚归吴中故乡，苏轼作《青玉案》为其送行。上片写词人对苏坚归吴的欣羡之意；下片表达词人欲归不得的遗憾，透露出对归隐山林的渴慕之情。

注释

- **贺方回：**北宋词人，贺铸。《宋史》卷四四三《贺铸传》："贺铸，字方回，卫州人，孝惠皇后之族孙。长七尺，面铁色，眉目耸拔。喜谈当世事，可否不少假借，虽贵要权倾一时，小不中意，极口诋之无遗辞，人以为近侠。博学强记，工语言，深婉丽密，如次组绣。尤长于度曲，掇拾人所弃遗，少加檃栝，皆为新奇。尝言：'吾笔端驱使李商隐、温庭筠常奔命不暇。'诸公贵人多客致之，铸或从或不从，其所不欲见，终不贬也。"贺铸《青玉案》词有"一川烟草，满城风絮，梅子黄时雨"句，意象叠用以喻闲愁，故有"贺梅子"之称。
- **遣黄犬：**传递书信之意。《晋书》卷五四《陆机传》："机有骏犬，曰黄耳，甚爱之。既而羁寓京师，久无家问，笑语犬曰：‘我家绝无书信，汝能赍书取消息不？’犬摇尾作声。机乃为书以竹筒盛之而系其颈。犬寻路南走，遂至其家，得报还洛。其后因以为常。”后世故以“遣黄犬”“黄耳传信”代指帮助他人传递书信。

- **松江：**今苏州、上海两市境内的吴淞江。陆广微《吴地记》：“松江，一名松陵，又名笠泽……其江之源，连接太湖。”

- **小渡：**渡河的小船。

- **四桥：**傅注：“姑苏有四桥，长为绝景。”

- **老子：**口语，老年人自称，东坡自指。

- **《辋川图》：**辋（wǎng）川，地名，位于今陕西省西安市西南蓝田县内。唐代诗人王维曾经隐居于此，建造辋川别业，写下了脍炙人口的四十首五言绝句，合为《辋川集》。其绘制《辋川图》，首创水墨山水画，因之被尊为“画界南宗鼻祖”。唐·朱景玄《唐朝名画录》：“王维画辋川图，山谷郁盘，云水飞动，意出尘外，怪生笔端。”

- **高人：**超凡脱俗、品行高尚之人，此处代指王维。唐·杜甫《解闷十二首》其八诗：“不见高人王右丞，蓝田丘壑漫寒藤。”

- **小蛮：**唐代诗人白居易府中歌伎名。此处指友人苏伯固的爱姬。

◎归朝欢

和苏坚伯固

我梦扁舟浮震泽，雪浪摇空千顷白。觉来满眼是庐山，倚天无数开青壁。此生长接淅，与君同是江南客。梦中游，觉来清赏，同作飞梭掷。

明日西风还挂席，唱我新词泪沾臆。灵均去后楚山空，澧阳兰芷无颜色。君才如梦得，武陵更在西南极。《竹枝词》，莫傜新唱，谁谓古今隔。

题解

作于宋哲宗绍圣元年（1094）七月。是年四月，苏轼遭贬谪，仍知英州，又改贬建昌军司马惠州安置。七月达九江，苏伯固来会，与伯固别时作此词。王文诰《苏诗总案》卷三七云："甲戌闰四月告下……七月达九江，与苏坚泣别作《归朝欢》词。"

注释

- **震泽：** 古泽名，即今江苏太湖。
- **千顷：** 极言土地面积之广阔。顷，面积单位，一百亩土地为一顷。
- **庐山：** 位于江西九江南，东南紧傍鄱阳湖，北靠长江边。晋·释慧远《庐山记略》："有匡裕先生者，出自殷周之际，……受道于仙人，共游此山，遂托室崖岫，即岩成馆，故时人谓其所止为神仙之庐，因以名山焉。"
- **"倚天"句：** 靠着天，形容山势高峻。唐·韩愈《酬司门卢四兄云夫院长望秋作》诗："终南晓望蹋龙尾，倚天更觉青巉巉。"

- **接淅：**饭都来不及煮，接着又离去。行色匆忙，时间紧迫。《孟子·万章下》：“孔子之去齐，接淅而行。”朱熹注：“接，犹承也；淅，渍米也。渍米将炊，而欲去之速，故以手承米而行，不及炊也。”
- **清赏：**幽雅的景致。
- **飞梭：**飞速运动的梭子。梭，织布的工具。
- **挂席：**挂帆。唐·孟浩然《晚泊浔阳望庐山》诗：“挂席几千里，名山都未逢。”
- **泪沾臆：**泪流满胸。唐·杜甫《哀江头》诗：“人生有情泪沾臆，江水江花岂终极。”
- **灵均：**屈原自称。战国·屈原《离骚》：“名余曰正则兮，字余曰灵均。”
- **澧阳：**地名，位于湖南省。
- **兰芷：**花草美称，指兰草和白芷。战国·屈原《九歌·湘夫人》：“沅有芷兮澧有兰，思公子兮未敢言。”
- **梦得：**即唐代诗人刘禹锡，字梦得，籍贯河南洛阳，以创作民歌体《竹枝词》而著名，“精于古文，善五言诗，今体文章复多才丽”。
- **武陵：**地名，古武陵源。晋·陶渊明《桃花源记》：“晋太元中，武陵人捕鱼为业。”

- **《竹枝词》：** 乐曲名，四川东部一带民歌。宋·郭茂倩《乐府诗集》卷八一《近代曲辞》：“《竹枝》本出于巴渝。唐贞元中，刘禹锡在沅湘，以俚歌鄙陋，乃依骚人《九歌》，作《竹枝》新词九章，教里中儿歌之，由是盛于贞元、元和之间。”后以词牌名入《词律》。

- **莫徭：** 少数民族瑶族古称，主要分布于湖南北部地区。《隋书》卷三一《地理志》：“长沙郡又杂有夷蜒，名曰莫徭，自云其先祖有功，常免徭役，故以为名。”

◎木兰花令

宿造口，闻夜雨，寄子由、才叔。

梧桐叶上三更雨，惊破梦魂无觅处。夜凉枕簟已知秋，更听寒蛩促机杼。

梦中历历来时路，犹在江亭醉歌舞。尊前必有问君人，为道别来心与绪。

题解

作于宋哲宗绍圣元年（1094）八月。东坡由定州被贬至英州，尚未达贬所，又被贬谪惠州。傅藻《东坡纪年录》："东坡南迁，绍圣元年甲戌八月七日入赣，过惶恐滩，作诗。十七日过虔州，作《郁孤台》。"

注释

- **造口：**又称皂口，位于今江西省万安县。
- **才叔：**张庭坚，字才叔。元祐进士，宋徽宗时曾官至右正言。
- **三更：**又名子时，古代时间名词。指夜半十一时至翌晨一时这段时间。
- **"夜凉"句：**簟，竹席。南朝梁·江淹《别赋》："夏簟清兮昼不暮，冬釭凝兮夜何长！"已知秋，见到落叶，便知道秋天快要来临了。宋·唐庚《文录》："唐人有诗云：'山僧不解数甲子，一叶落知天下秋。'"

- **寒蛩：**深秋的蟋蟀。唐 · 韦应物《拟古诗十二首》其六诗：“寒蛩悲洞房，好鸟无遗音。”
- **机杼：**织布机及梭子。谓织布。汉乐府《木兰诗》：“不闻机杼声，唯闻女叹息。”
- **历历：**清晰明白。唐 · 崔颢《黄鹤楼》诗：晴川历历汉阳树，芳草萋萋鹦鹉洲。

◎浣溪沙

绍圣元年十月二十三日，与程乡令侯晋叔、归善簿谭汲同游大云寺，野饮松下，仍设松黄汤，作此阕。余近酿酒，名之曰『万家春』，盖岭南万户酒也。

罗袜空飞洛浦尘，锦袍不见谪仙人。携壶藉草亦天真。

玉粉轻黄千岁药，雪花浮动万家春。醉归江路野梅新。

题解

宋哲宗绍圣元年甲戌（1094）十月，作于惠州。是年八月，告下，苏轼落建昌军司马，贬宁远军节度副使，仍惠州安置，十月至贬所。王文诰《苏诗总案》："甲戌十月十三日与侯晋叔、谭汲游大云寺，野饮松下，设松黄汤，作《浣溪沙》词。"

注释

- **程乡：** 即今梅县，位于广东省东部。
- **侯晋叔：** 嘉靖《广东通志》卷五六《侯晋叔传》："字德昭，曲江人，登元丰八年进士。为程乡令。与苏轼兄弟往还亲密，家藏二公墨帖甚富。"
- **归善：** 中国古代旧县名，宋时隶属于惠州。
- **大云寺：** 位于惠州归善县西十八里。
- **松黄汤：** 药膳名称。宋·苏辙《次韵毛君烧松花六绝》其二："饼杂松黄二月天，盘敲松子早霜寒。"明·李时珍《本草纲目》："松花即松黄，拂取正似蒲黄，常服令轻身。"

- **万家春**：酒名，为苏轼所酿。苏轼《和陶己酉岁九月九日》诗："持我万家春，一酬五柳陶。"
- **罗袜**：丝罗制的袜。此处代指步履。三国魏·曹植《洛神赋》："凌波微步，罗袜生尘。"
- **携壶**：悬壶行医。典出《后汉书》卷八二《方术传下·费长房传》："长房为市掾，见一老翁卖药，悬一壶于肆头。市罢，即跳入壶中。长房因诣翁，翁与俱入壶中，见玉堂庄严华丽，美酒佳肴充盈其中，相与饮毕而出。后因以'碧玉壶'代指仙境。"
- **藉草**：坐卧在草垫之上。《文选》卷一一孙绰《游天台山赋》："藉萋萋之纤草，荫落落之长松。"
- **天真**：不受礼俗约束，性情真诚烂漫。《庄子·渔父》："真者，所以受于天也，自然不可易也。故圣人法天贵真，不拘于俗。"唐·王维《偶然作六首》其诗："陶潜任天真，其性颇耽酒。"
- **玉粉**：玉被碾成的粉，可以入药。唐·姚合《寄李群玉》诗："石脂稀胜乳，玉粉细于尘。"
- **千岁药**：不老之药。傅注："《广志》曰：'千岁老松子，色黄白，味似栗，可食，久服轻身。'"
- **雪花**：浮在酒面上的白色泡沫。
- **野梅**：果实名称，有解酒之功效。

◎临江仙

惠州改前韵

九十日春都过了，贪忙何处追游。三分春色一分愁。雨翻榆荚阵，风转柳花球。

我与使君皆白首，休夸年少风流。佳人斜倚合江楼。水光都眼净，山色总眉愁。

题解

熙宁九年（1076）四月一日作。傅注本题作“熙宁九年四月一日，同成伯公谨辈赏藏春馆残花，密州邵家园也”。是时，东坡与密州通判赵庾、邓公谨在密州邵家园藏春馆赏残花，故此词为“惜春之词”。

注释

- **惠州**：古州名。《太平寰守记》：“祯州本循州旧理，伪汉刘龚移循州于雷乡县，于归善县置祯州。天禧中避仁宗讳，改惠州，西至广州四百二里。”
- **“九十”句**：东坡游园时值四月，按时令已然进入夏季，所以只能欣赏残春之景，故有“九十日春都过了”之说。
- **贪忙**：忙于公务，不得抽身。
- **追游**：追赶寻求。这里指追赏春景。

- **“三分”句：**化用宋·叶清臣《贺圣朝·留别》词“三分春色二分愁，更一分风雨”之句意。
- **榆荚：**俗称“榆钱儿”，可食用，因其串起来神似古代的铜钱串儿，故名。唐·韩愈《晚春》诗：“杨花榆荚无才思，惟解漫天作雪飞。”
- **柳花球：**指柳絮成团。傅注：“柳絮风滚如球。”宋·毛滂《浣溪沙》词：“谢女清吟压郢楼，楼前风转柳花球。”

◎西江月

玉骨那愁瘴雾，冰姿自有仙风。海仙时遣探芳丛，倒挂绿毛么凤。

素面常嫌粉涴，洗妆不褪唇红。高情已逐晓云空，不与梨花同梦。

题解

作于宋哲宗绍圣三年（1096）十月。是时，东坡在惠州贬所，见梅花开放，作此词以悼念侍妾王朝云。王文诰《苏诗总案》卷四〇云：“绍圣三年丙子，十月梅开作《西江月》。”释惠洪《冷斋夜话》卷一云：“（东坡）又作梅花词曰：‘玉骨那愁瘴雾’者，其寓意为朝云作也。”

注释

- **玉骨：** 梅花枝干的美称。唐·冯贽《云仙杂记》卷二：“袁丰居宅后有六株梅，开时……（丰）叹曰：‘烟姿玉骨，世外佳人，但恨无倾城笑耳。’”
- **绿毛么凤：** 短尾鹦鹉。《苏轼诗集》卷三八《再用前韵》：“蓬莱宫中花鸟使，绿衣倒挂扶桑暾。”苏轼自注：“岭南珍禽，有倒挂子，绿毛，红喙，如鹦鹉而小，自东海来，非尘埃中物也。”清·陈元龙《格致镜原》卷七八《桐花鸟》：“倒挂，即绿毛么凤，性极驯，好集美人钗上。……日间闻好香，则收藏尾翼间，夜则张翼以放香。”

- **唇红：** 口红。宋·释惠洪《冷斋夜话》卷十：“岭外梅花与中国异，其花几类桃花之色，而唇红香著。”

- **高情：** 高隐之情。晋·孙绰《游天台山赋》：“释域中之常恋，畅超然之高情。”

- **不与梨花同梦：** 傅注：“公自跋云：‘诗人王昌龄，梦中作《梅花》诗……诗话云：王昌龄《梅》诗曰：‘落落寞寞路不分，梦中唤作梨花云。’方知公引用此诗。”

◎减字木兰花

己卯儋耳春词

春牛春杖，无限春风来海上。便丐春工，染得桃红似肉红。

春幡春胜，一阵春风吹酒醒。不似天涯，卷起杨花似雪花。

题解

宋哲宗元符二年（1099）立春日作于儋州。是年东坡六十四岁。傅藻《东坡纪年录》:“元符二年己卯，公在儋州，立春日作《减字木兰花》。”东坡被贬儋州，原本心灰意冷，然而当地黎族人民的热情与帮助让东坡重拾信心，他全然忘记了被贬的痛苦，以强烈的进取之心和乐观向上的生活态度创作了此词。

注释

- **儋耳:** 古代地名，旧治所在今海南省儋州市西北。汉武帝开封元年（前110）时置儋耳郡，唐朝时改为儋州，民国时期设县。《山海经 · 海内南经》注:“锼离其耳，分令下垂以为饰，即儋耳也。”

- **春牛春杖:** 宋朝旧俗。百姓于立春之日造土牛、持犁杖，象征春耕之事。《隋书》卷七《志第二 · 礼仪二》:“立春前五日，于州大门外之东，造青土牛两头，耕夫犁具。立春，有司迎春于东郊，竖青幡于青牛之傍焉。”

- **丐：**祈求。

- **春工：**春季造化万物之工。唐·张碧《游春引三首》其三："万汇俱含造化恩，见我春工无私理。"

- **桃红似肉红：**喻花色。南朝梁·萧纲《和萧侍中子显春别四首》其四："桃红李白若朝妆，羞持憔悴比新芳。"

- **春幡春胜：**春幡，旧俗于立春日或挂春幡于树梢，或剪缯绢成小幡，连缀簪之于首，以示迎春之意。春胜，旧俗于立春日剪彩成方胜为戏。宋·吴自牧《梦粱录》卷一"立春"条："立春前一日……街市以花装栏，坐乘小春牛，及春幡、春胜，各相献遗于贵家宅舍，示丰稔之兆。宰臣以下，皆赐金银幡胜，悬于幞头上，入朝称贺。"

◎水龙吟

小沟东接长江，柳堤苇岸连云际。烟村潇洒，人间一哄，渔樵早市。永昼端居，寸阴虚度，了成何事。但丝莼玉藕，珠粳锦鲤，相留恋，又经岁。

因念浮丘旧侣，惯瑶池、羽觞沉醉。青鸾歌舞，铢衣摇曳，壶中天地。飘堕人间，步虚声断，露寒风细。抱素琴，独向银蟾影里，此怀难寄。

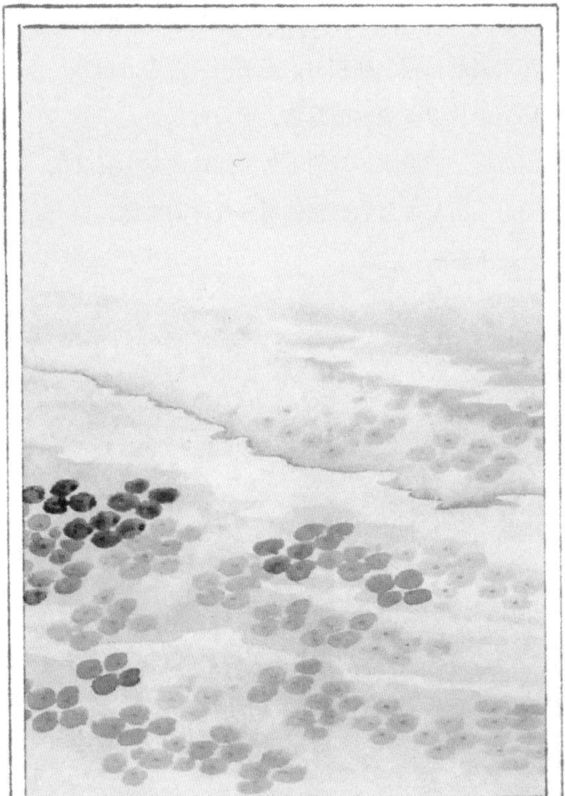

题解

作于宋神宗元丰五年（1082）正月。此词与《水龙吟》（小舟横截春江）同韵，词意亦相似。词的上片，着力描写江边之景，呈现出一片繁华热闹的景象，面对此乐景，东坡却发出了“寸阴虚度”的慨叹。词的下片，回忆歌舞、宴会场景，往日的美好生活与今日的贬谪处境形成鲜明对比，物是人非，故有“此怀难寄”之感。

注释

- **哄：**哄嚷，哄闹。此处形容早市的繁华喧闹景象。
- **永昼：**漫长的白天。唐·姚合《寄陕府内兄郭冏端公》诗：“永昼吟不休，咽喉干无声。”
- **端居：**平常居处。《梁书》卷二六《傅昭传》：“终日端居，以书记为乐，虽老不衰。”唐·孟浩然《临洞庭湖赠张丞相》诗：“欲济无舟楫，端居耻圣明。”

○ **丝莼：** 水生蔬菜，又名水葵，可作羹，亦可入药。

○ **珠粳：** 贵重的粳米。《玉篇》："粳，秈稻也。"

○ **浮丘：** 即浮丘公，相传为周灵王时人士，著有《原道歌》。唐·李白《相和歌辞·凤吹笙曲》诗："莫学吹笙王子晋，一遇浮丘断不还。"

○ **铢衣：** 传说中神仙所穿衣物，重量极轻。唐·贾至《赠薛瑶英》诗："舞怯铢衣重，笑疑桃脸开。"

○ **壶中天地：** 宋·张君房《云笈七签》卷二八："施存，鲁人，夫子弟子。学大丹之道三百年，十炼不成，唯得变化之术。后遇张申，为云台治官，常悬一壶，如五升器大，变化为天地，中有日月，如世间，夜宿其内，自号'壶天'，人谓曰'壶公'。"

○ **飘堕：** 飘落。

○ **步虚声：** 道士唱经礼赞声。南朝宋·刘敬叔《异苑》卷五："陈思王游山，忽闻空里诵经声，清远遒亮。解音者则而写之，为神仙声；道士效之，作步虚声也。"

○ **银蟾：** 月亮的别称。《淮南子》卷七《精神训》："日中有踆乌，而月中有蟾蜍。"

◎满庭芳

蜗角虚名，蝇头微利，算来著甚干忙。事皆前定，谁弱又谁强。且趁闲身未老，须放我、些子疏狂。百年里，浑教是醉，三万六千场。

思量，能几许，忧愁风雨，一半相妨。又何须抵死，说短论长。幸对清风皓月，苔茵展、云幕高张。江南好，千钟美酒，一曲《满庭芳》。

题解

今暂编元丰五年，待考。是时，东坡居于黄州贬所，其已看破官场争名逐利之事，心态平和，作此词以抒怀。全词表达了作者无奈却又乐观豁达的心境。

注释

- **蜗角：**蜗牛的触角，比喻极其微小的事情。唐·白居易《不如来饮酒七首》其七诗："相争两蜗角，所得一牛毛。"
- **蝇头：**苍蝇头，亦指微小之事。
- **著甚：**作什么。宋·周邦彦《满路花》词："也须知有我。著甚情悰，你但忘了人呵。"
- **干忙：**白白忙活。唐·杜甫《寄邛州崔录事》诗："久待无消息，终朝有底忙。"
- **闲身：**清闲之人，古时多指没有官职之人。唐·张籍《题韦郎中新亭》诗："药酒欲开期好客，朝衣暂脱见闲身。"

- **疏狂：** 豪放，不受拘束。唐 · 白居易《代书诗一百韵寄微之》诗：“疏狂属年少，闲散为官卑。”
- **百年：** 代指很多年，言时间之长。唐 · 李白《襄阳歌》诗：“百年三万六千日，一日须倾三百杯。”
- **抵死：** 竭力地。张相《诗词曲语辞汇释》：“抵死，犹云分外也；急急或竭力地；亦犹云终究或老是也。”
- **说短论长：** 背后评价他人是非对错。南朝梁 · 萧统《文选》卷五六崔子玉《座右铭》：“无道人之短，无说己之长。”
- **苔茵：** 以青苔为席。
- **云幕：** 如幕之云。唐 · 杜甫《江亭送眉州辛别驾升之》诗：“柳影含云幕，江波近酒壶。”
- **千钟：** 言饮酒之多。《孔丛子》卷中《儒服》：“平原君与子高饮，强子高酒，曰：‘昔有遗谚：尧舜千钟，孔子百觚，子路嗑嗑，尚饮十榼。’古之圣贤，无不能饮也。”

◎一丛花

初春病起

今年春浅腊侵年，冰雪破春妍。东风有信无人见，露微意、柳际花边。寒夜纵长，孤衾易暖，钟鼓渐清圆。

朝来初日半衔山，楼阁淡疏烟。游人便作寻芳计，小桃杏、应已争先。衰病少悰，疏慵自放，惟爱日高眠。

题解

熙宁九年丙辰（1076）早春，作于密州。王文诰云：“‘《续资治通鉴长编》载熙宁八年闰四月，其下年立春适在岁除之时。’据此，上年逢闰，立春日延至腊底，故熙宁九年恰为词中所说‘今年春浅腊侵年’。”

注释

- **春浅：**春意浅淡。唐·戴叔伦《早春曲》：“青楼昨夜东风转，锦帐凝寒觉春浅。”
- **腊侵年：**因上年有闰月，下年的立春日出现在上年的腊月之中，故有此说。腊，岁末十二月。
- **春妍：**春天妍丽的景色。
- **东风：**春风。唐·李白《春日独酌》诗：“东风扇淑气，水木荣春晖。”
- **衾：**指被褥床帐等卧具。唐·杜甫《茅屋为秋风所破歌》诗：“布衾多年冷似铁，娇儿恶卧踏里裂。”

- **寻芳计：** 游赏春景的计划。唐 · 姚合《游阳河岸》诗：“寻芳愁路尽，逢景畏人多。”
- **悰（cóng）：** 乐趣。南朝齐 · 谢朓《游东田》诗：“戚戚苦无悰，携手共行乐 。”
- **疏慵：** 疏懒、懒散。唐 · 孟郊《劝善吟》诗：“顾余昧时调，居止多疏慵。”

◎贺新郎

乳燕飞华屋，悄无人、桐阴转午，晚凉新浴。手弄生绡白团扇，扇手一时似玉。渐困倚、孤眠清熟。帘外谁来推绣户，枉教人梦断瑶台曲。又却是，风敲竹。

石榴半吐红巾蹙。待浮花、浪蕊都尽，伴君幽独。秾艳一枝细看取，芳心千重似束。又恐被、秋风惊绿。若待得君来向此，花前对酒不忍触。共粉泪，两簌簌。

题解

绍圣二年乙亥（1095）初夏或绍圣三年丙子（1096）初夏，作于惠州。词中叙写石榴花盛开的情景与五代词人欧阳炯所描绘之岭南风光有异曲同工之妙，故应作于贬居惠州之时。

注释

- **乳燕：**雏燕。南朝宋 · 鲍照《采桑》诗：“乳燕逐草虫，巢蜂拾花萼。”
- **桐阴转午：**夏天树荫下可乘凉，中午时分树影正在当中。
- **生绡白团扇：**生绡，未漂煮过的丝织物，即丝绢。白团扇，唐 · 杜甫《湘江宴饯裴二端公赴道州》诗：“白团为我破，华烛蟠长烟。”仇兆鳌注：“白团，指扇。”
- **“扇手”句：**南朝宋 · 刘义庆《世说新语 · 容止》：“王夷甫容貌整丽，妙于谈玄，恒捉白玉柄麈尾，与手都无分别。”
- **清熟：**睡眠沉酣。

- **瑶台：** 雕饰华丽的楼台，一般指神仙居住之所，此处指梦中仙境。战国楚·屈原《离骚》：“望瑶台之偃蹇兮，见有娀之佚女。”

- **风敲竹：** 风吹竹动。唐·李益《竹窗闻风寄苗发司空曙》诗：“开门复动竹，疑是故人来。”

- **“石榴”句：** 石榴花半开的时候如同红巾一般皱缩。唐·白居易《题孤山寺山石榴花示诸僧众》诗：“山榴花似结红巾，容艳新妍占断春。”

- **伴君幽独：** 傅注：“石榴繁盛时，百花零落尽矣。”

- **秋风惊绿：** 秋风摇落满目红花绿叶，石榴花也将不复存在。唐·皮日休《石榴歌》诗：“蝉噪秋枝槐叶黄，石榴香老愁寒霜。”

- **两簌簌：** 花瓣与眼泪同落。唐·元稹《连昌宫词》诗：“又有墙头千叶桃，风动落花红簌簌。”

便乘兴、携将佳丽，深入芳菲里。拨胡琴语，轻拢漫捻总伶俐。看紧约罗裙，急趣檀板，霓裳入破惊鸿起。颦月临眉，醉霞横脸，歌声悠扬云际。任满头红雨落花飞。渐鳷鹊、楼西玉蟾低，尚徘徊、未尽欢意。君看今古悠悠，浮幻人间世。这些百、岁光阴几日，三万六千而已。醉乡路稳不妨行，但人生、要适情耳。

◎唷遍

睡起画堂，银蒜押帘，珠幕云垂地。初雨歇，洗出碧罗天，正溶溶养花天气。一霎暖风回芳草，荣光浮动，卷皱银塘水。方杏靥匀酥，花须吐绣，园林排比红翠。见乳燕、捎蝶过繁枝，忽一线、炉香逐游丝。昼永人闲，独立斜阳，晚来情味。

题解

元祐三年戊辰（1088）春，作于东京。本词层层铺叙，先写春光正好，引发春游之思；次写春游之事，从早到晚，游兴未尽；最后即景抒情，今古之间，仕宦之间，都只是转瞬即逝而已，人生如梦，适情便好。写出了作者虽处东京繁华之地，却厌倦官场，试图摆脱政治斗争之苦恼，不得不自陷于醉乡的无奈。

注释

- **画堂：**有彩绘的殿堂。
- **银蒜：**银制蒜形帘坠。明·杨慎《词品》卷二《银蒜》："银蒜，盖铸银为蒜形，以押帘也。宋、元亲王纳妃，公主下降，皆有银蒜帘押几百双。"
- **碧罗天：**此处代指雨后澄净的天色。唐·刘禹锡《春日书怀寄东洛白二十二杨八二庶子》诗："野草芳菲红锦地，游丝撩乱碧罗天。"
- **"正溶"句：**形容春光明媚。溶溶，和暖的样子。养花天气，傅注："今乐府《啄木儿曲》有'洗出养花天气'之句。"

唐·李建勋《游栖霞寺》诗：“养花天气近平分，瘦马来敲白下门。”

- **回芳草：**暖风吹过，芳草重绿。
- **荣光：**五色云气，古人谓之为吉祥之兆。唐·徐坚《初学记》卷六《地部中》引《尚书·中候》：“荣光出河，休气四塞。”
- **“卷皱”句：**水面波光漾动的样子。南唐·冯延巳《谒金门》词：“风乍起，吹皱一池春水。”
- **杏靥：**酒窝，因其形状似杏，故得名。
- **游丝：**春季空中飘浮的蛛丝。
- **胡琴：**泛指来自北方、西北各族的拨弦、拉弦乐器。
- **轻拢漫捻：**形容轻巧从容地弹奏弦乐器。拢、捻，弹奏弦乐器的指法。
- **檀板：**乐器名。因用檀木制作而成，故称“檀板”。
- **霓裳：**即《霓裳羽衣曲》。
- **入破：**唐宋大曲的专用语。大曲每套都有十余遍，归入散序、中序、破三大段。入破即为破这一段的第一遍。借指乐声骤变为繁碎之音。
- **红雨：**落花。唐·李贺《将进酒》诗：“况是青春日将暮，桃花乱落如红雨。”

- **鳷（zhī）鹊楼：**南朝楼阁名，位于今江苏省南京市。《三辅黄图》卷二：甘泉宫，建元中，作石阙、封峦、鳷鹊观于苑垣内，宫南有昆明池，苑南有棠梨宫。南朝齐·谢朓《暂使下都夜发新林至京邑赠西府同僚》诗：“金波丽鳷鹊，玉绳低建章。”
- **玉蟾：**月亮的别称。
- **醉乡：**酒醉后进入沉酣释然的状态。南唐·李煜《锦堂春》词：“醉乡路稳宜频到，此外不堪行。”
- **适情：**顺应性情，尽情行乐。唐·白居易《谕亲友》诗：“适情处处皆安乐，大抵园林胜市朝。”

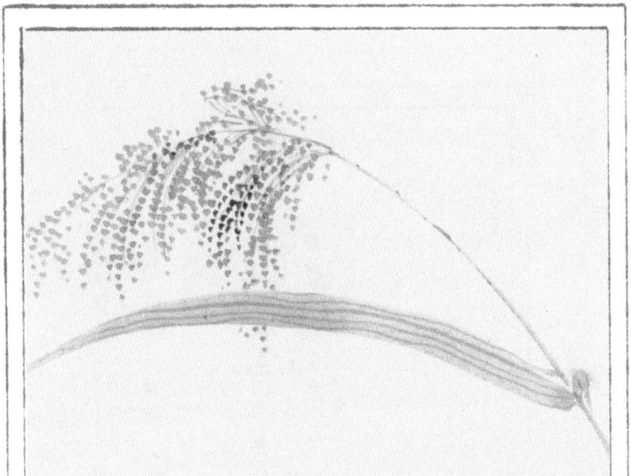

◎木兰花令

经旬未识东君信，一夕薰风来解愠。红绡衣薄麦秋寒，绿绮韵低梅雨润。

瓜头绿染山光嫩，弄色金桃新傅粉。日高慵卷水晶帘，犹带春醪红玉困。

题解

暂编宋神宗元丰二年（1079）三月，待考。苏轼自徐州移知湖州，先赴南都（今河南商丘），拜会张方平于乐全堂，访问南都守吕熙道，因病留南都半月。离别时，友人设宴，歌女佐酒，遂作此词。词人寥寥数笔，便将春末夏初之际，醉眠女子酒醒后的娇嗔之态展露无疑。

注释

- **东君信：** 东君，指管理春天的神。南唐·成彦雄《柳枝词》其三："东君爱惜与先春，草泽无人处也新。"扬雄《太玄经·应》："阳气极于上，阴信萌乎下。"注：信，尤声兆也。
- **薰风来解愠：** 薰风，和风。解愠，消除怨怒。相传虞舜作五弦琴，歌《南风》："南风之薰兮，可以解吾民之愠兮。"
- **红绡：** 红色薄绸，多用于歌舞妓名。

- **麦秋：**《礼记·月令》：孟夏之月“靡草死，麦秋至”。汉·蔡邕《月令章句》：“百谷各以其初生为春，熟为秋，故麦以孟夏为秋。”

- **绿绮：** 琴名。魏晋·傅休弈《琴赋序》：“楚庄王有鸣琴曰绕梁，司马相如有琴曰绿绮，蔡邕有琴曰焦尾，皆名器也。”

- **“瓜头”句：** 瓜头轻绿像染上了娇嫩的山光。

- **金桃：** 桃的一种。《新唐书》卷二二一《西域传》下：“康者，一曰萨末鞬，亦曰飒秣建……贞观五年，遂请臣。……自是岁入贡致金桃、银桃，诏令植苑中。”

- **傅粉：** 抹粉。南朝宋·刘义庆《世说新语·容止》中曾记载何平叔（何宴）十分美貌，面容白净。魏明帝怀疑其傅粉化妆，正值夏月特赐汤饼。何晏吃罢，以朱衣自拭，色转皎然。

- **春醪：** 春酒。晋·陶渊明《和刘柴桑》诗：“谷风转凄薄，春醪解饥劬。”

- **红玉：** 比喻美人肤色。

◎临江仙

诗句端来磨我钝，钝锥不解生铓。欢颜为我解冰霜。酒阑清梦觉，春草满池塘。

应念雪堂坡下老，昔年共采芸香。功成名遂早还乡。回车来过我，乔木拥千章。

题解

元丰六年癸亥（1083）年末作于黄州。本词上片描写作者的境况和心态，化用谢灵运梦其弟谢惠连所得“池塘生春草”句，表现兄弟之间的深情厚谊；下片通过回忆继续渲染兄弟之间的感情。

注释

- **端：**真的。张相《诗词曲语辞汇释》卷四：“端，须也。”
- **钝锥：**自谦之词。《史记》卷五七《绛侯周勃世家》中记载，周勃为人敦厚老实，却不喜文学，每次与儒士谈经论道都需要别人讲解，故司马迁评价他：“其椎少文如此。”司马贞《索隐》引颜游秦云：“俗谓愚为钝椎。”
- **铓（máng）：**同“芒”，指针尖、锥尖。《玉篇》：“铓，刃端。”
- **冰霜：**形容心境冷落。唐·柳宗元《送崔群序》：“于是有贞心劲质，用固其本，御攘冰霜，以贯岁寒，故君子仪之。”
- **“春草”句：**据《南史·谢惠连传》记载，谢惠连少年聪慧，十岁善属文，其族兄甚喜之，称“每有篇章，对惠连辄得佳语”。一日，谢灵运作诗，数日不就，忽梦见惠连，便得“池塘生春草”之佳句，一时传为美谈。南朝宋·谢灵运《登池上楼》诗：“池塘生春草，园柳变鸣禽。”

- **雪堂坡下老：**雪堂，作者曾在黄州购置一地，取名为“东坡”，又在辛酉、壬戌之交筑“雪堂”于“东坡”。见《江城子》（梦中了了醉中醒）“东坡”“雪堂”注释。

- **芸香：**药草。芸香可杀书中蛀虫蠹鱼，因称书为芸编。傅注：“谓同在书职也。三国·鱼豢《典略》曰：‘芸香辟纸鱼蠹，故藏书台称芸台。’”

- **回车：**苏辙于元丰三年谪监筠州酒税，途经黄州相见，此次苏轼希望他能再来，故日“回车”。

- **乔木：**高大的树木。《诗经·周南·汉广》：“南有乔木，不可休思。”

- **千章：**千株。《史记》卷一二九《货殖列传》：“水居千石鱼陂，山居千章之材。”注：“章，材也。旧时作大匠掌材，日章曹掾。”

◎又

送王缄。

忘却成都来十载，因君未免思量。凭将清泪洒江阳。故山知好在，孤客自悲凉。

坐上别愁君未见，归来欲断无肠。殷勤。且更尽离觞。此身如传舍。，何处是吾乡？

题解

熙宁十年丁巳（1077）作于密州往徐州途中，为送别乡人王缄归蜀时所作。此词基调伤感悲凉。乡人的见面勾起作者无限情思，思乡之情愈加浓厚；下片漂泊的苦楚使作者发出“何处是吾乡”的感叹，多维复杂情绪的缠绕叠加，更加引发读者的强烈共鸣。

注释

- **王缄：**朱祖谋疑“缄”为“箴”之误。王箴，苏轼之妻弟。
- **江阳：**山南水北为阳，江阳即江北。
- **殷勤：**情谊深厚，曲尽心意。
- **离觞：**送行酒。唐·王昌龄《送十五舅》诗：“夕浦离殇意何已，草根寒露悲鸣虫。”
- **传舍：**旅舍。《汉书》卷四三《郦食其传》：“沛公至高阳传舍，使人召食其。”师古曰：“传舍者，人所止息，前人已去，后人复来，转相传也。”唐·王维《送元二使安西》诗：“渭城朝雨浥轻尘，客舍青青柳色新。”

◎又

夜到扬州，席上作。

尊酒何人怀李白，草堂遥指江东。珠帘十里卷香风。

花开花谢，离恨几千重。

轻舸渡江连夜到，一时惊笑衰容。语音犹自带吴侬。

夜阑对酒，依旧梦魂中。

题解

元祐六年辛未（1091）四月作于扬州。本词写于作者从杭州知州任上还朝，途经扬州与友人重逢之时。此词上片用杜甫与李白的友谊来表达自己对友人的深切思念；下片语调欢快轻松，难掩友人相见的激动之情，画面生动，如在目前。

注释

- **尊酒：**一樽酒。唐·杜甫《春日忆李白》诗："何时一樽酒，重与细论文。"
- **草堂：**指杜甫，因杜甫曾住在成都浣花溪草堂。
- **江东：**傅注："太白自翰林赐归，遂放浪江东，往来金陵采石之间。"
- **珠帘十里：**唐·杜牧《赠别二首》其一诗："春风十里扬州路，卷上珠帘总不如。"化用诗句点明扬州。
- **轻舸：**小舟。唐·杜甫《忆昔行》诗："忆昔北寻小有洞，洪河怒涛过轻舸。"

○ **吴侬：** 吴地的口音。唐·杜甫《遣兴五首》其四诗："贺公雅吴语，在位常清狂。"

○ **夜阑对酒：** 夜阑，长夜将尽。唐·杜甫《羌村三首》其一诗："夜阑更秉烛，相对如梦寐。"对酒，三国·曹操《短歌行》："对酒当歌，人生几何。"

◎又

冬夜夜寒冰合井，画堂明月侵帏。青釭明灭照悲啼。青釭挑欲尽，粉泪裛还垂。

未尽一尊先掩泪，歌声半带清悲。情声两尽莫相违。欲知肠断处，梁上暗尘飞。

题解

《苏轼词新释辑评》认为作于元丰六年（1083）十二月，“疑似东坡为徐君猷侍女胜之离开黄州去姑苏前惜别之作”，表明了作者对即将离开胜之的不舍和依恋。全词塑造出一位声情并茂、不忍别离的侍女形象，同时表现出作者对这位侍女的赞赏之情。此词檃栝李白《夜坐吟》：“冬夜夜寒觉夜长，沉吟久坐坐北堂。冰合井泉月入闺，金青凝照悲啼。金灭，啼转多，掩妾泪，听君歌。歌有声，妾有情，情声合，两无违。一语不入意，从君万曲梁尘飞。”

注释

- **冰合井：**水井结冰，封住井口。《后汉书·五行志》：“灵帝光和六年冬，大寒，北海、东莱、琅邪井中冰厚尺余。”
- **青釭：**青灯。釭，即灯盏。南朝齐·王融《咏幔》：“但愿置樽酒，兰釭当夜明。”
- **裛：**同“浥”，沾湿。

- **清悲：** 晋·陆机《拟东城一何高诗》：“闲夜抚鸣琴，惠音清且悲。”

- **肠断：**《唐诗纪事》中记载，唐武宗病重，意欲孟才人殉葬。孟才人歌一声《河满子》后，气亟立殒。之后太医诊断为“脉尚温而肠已断”，故有“肠断”之说，后多用于离别相思。

- **“梁上”句：** 暗尘，积年不见的灰尘。此句化用汉·刘歆《七略》中鲁人虞公，发音清哀，远动梁尘的典故，形容侍女歌声的清悲。南朝梁·萧统《文选》卷三〇陆机《拟东城一何高诗》：“一唱万夫叹，再唱梁尘飞。”

◎渔家傲

临水纵横回晚鞚，归来转觉情怀动。梅笛烟中闻几弄。秋阴重，西山雪淡云凝冻。

美酒一杯谁与共，尊前舞雪狂歌送。腰跨金鱼旌旆拥。将何用，只堪妆点浮生梦。

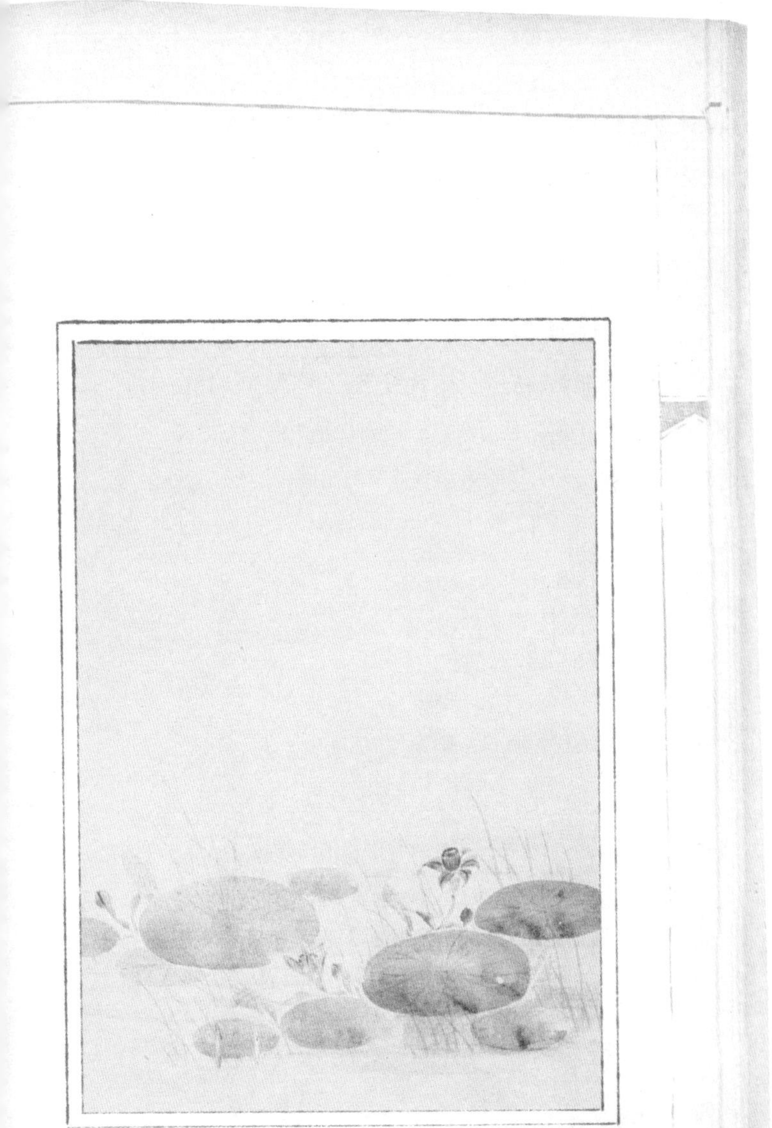

题解

此词意境苍凉。上片写作者骑马晚归，情与景的融合表现了作者此时低落的心情。下片写庄重奢华的宴会并没有缓解作者内心的苦闷，反而形成一种如在梦中的虚妄之感，由此发出“将何用，只堪妆点浮生梦”的感慨。

注释

- **晚鞚（kòng）：**骑马晚归。鞚，带嚼口的马络头。
- **梅笛：**指笛曲《梅花落》。《乐府诗集》卷二四《横吹曲辞·梅花落》：“《梅花落》，本笛中曲也。”唐·李白《与史郎中钦听黄鹤楼上吹笛》诗：“黄鹤楼中吹玉笛，江城五月落梅花。”
- **几弄：**几阕乐曲。
- **西山：**即樊山。《水经注·江水三》：“今武昌郡治，城南有袁山，即樊山也。”苏轼《记樊山》：“自余所居临皋亭下，乱流而西，泊于樊山，为樊口。”

舞雪：指舞女姿态轻盈。汉·张衡《观舞赋》："裾似飞鸾，袖如回雪。"

金鱼：朝官腰间所佩饰物。唐·杜甫《陪郑广文游何将军山林》诗："银甲弹筝用，金鱼换酒来。"

浮生梦：世事虚浮无定，如大梦一场。唐·李白《春夜宴桃李园序》："夫天地者，万物之逆旅也；光阴者，百代之过客也。而浮生若梦，为欢几何？"

◎定风波

莫怪鸳鸯绣带长，腰轻不胜舞衣裳。薄倖只贪游冶去，何处，垂杨系马恣轻狂。

花谢絮飞春又尽，堪恨，断弦尘管伴啼妆。不信归来但自看，怕见，为郎憔悴却羞郎。

题解

《苏轼词新释辑评》认为约作于宋神宗熙宁七年（1074）暮春，聊备一说。全词借闺怨以写人情冷暖、世态炎凉。词意感伤，作者以第一人称的手法表现歌伎的深情，其心中对女性的关心与尊敬可见一斑。

注释

- **鸳鸯绣带**：绣有鸳鸯的腰带。唐·徐彦伯《拟古三首》其三诗："赠君鸳鸯带，因以鹔鹴（sù shuāng）裘。"
- **腰轻**：腰细而身轻。南朝梁·萧纲《舞赋》："信身轻而钗重，亦腰羸而带急。"
- **不胜**：体弱而承担不起。唐·张若虚《春江花月夜》诗："白云一片去悠悠，青枫浦上不胜愁。"
- **薄倖**：薄情负心的人。
- **游冶**：追逐声色。宋·欧阳修《蝶恋花》词："玉勒雕鞍游冶处，楼高不见章台路。"

- **系马：** 唐·王维《少年行四首》其一诗：“新丰美酒斗十千，咸阳游侠多少年。相逢意气为君饮，系马高楼垂柳边。”
- **断弦：** 琴弦崩断。北周·庾信《怨歌行》诗：“为君能歌此曲，不觉心随断弦。”
- **尘管：** 积尘的管乐器。
- **啼妆：** 借指美人的泪痕。《后汉书》卷一三《五行志》二：“桓帝元嘉中，京都妇女作愁眉、啼妆……所谓愁眉者，细而曲折。啼妆者，薄拭目下若啼处。”
- **“为郎”句：** 唐·元稹《莺莺传》载，崔莺莺赠张生诗云：“自从消瘦减容光，万转千回懒下床。不为傍人羞不起，为郎憔悴却羞郎。”

◎南乡子

双荔支。

天与化工知，赐得衣裳总是绯。每向华堂深处见，怜伊，两个心肠一片儿。

自小便相随，绮席歌筵不暂离。苦恨人人分拆破，东西，怎得成双似旧时。

题解

作于绍圣元年（1094）以后贬居岭南期间。苏轼绍圣二年曾作《四月十一日初食荔支》诗，绍圣三年作《食荔支二首》，可以参考。全词赞美双荔枝之间纯真无邪、情深义厚，也暗示现实生活中无数被迫分离的青年男女的悲情。

注释

- **双荔支**：两颗荔枝壳肉相连。
- **化工**：造化之工。汉·贾谊《鹏鸟赋》："且夫天地为炉，造化为工。"
- **衣裳总是绯**：衣裳，指荔枝壳。绯，深红色。《说文》："绯，帛赤色也。"
- **心肠**：比喻果肉果核。
- **绮席**：华丽的席具。

◎又

集句

寒玉细凝肤。吴融，清歌一曲倒金壶。郑谷。冶叶倡条遍相识。李商隐，争如，豆蔻花梢二月初。杜牧。

年少即须臾。白居易，芳时偷得醉工夫。白居易。罗帐细垂银烛背。韩偓，欢娱，豁得平生俊气无。杜牧。

题解

此词上片写年轻貌美的歌伎在宴会上的妩媚动人；下片写青春转瞬即逝，当及时行乐，平生豪气消磨殆尽也在所不惜。集句是旧时作诗、填词方式之一。即撷取前人一家或数家作品中的成句，集而成篇。

注释

- **“寒玉”句：**寒玉，清俊的容貌。出自唐·吴融《即席十韵》诗：“住处方窥宋，平生未嫁卢。暖金轻铸骨，寒玉细凝肤。”
- **“清歌”句：**清歌，清亮的歌声。倒金壶，曲调名。唐·郑谷《席上贻歌者》诗：“花月楼台近九衢，清歌一曲倒金壶。座中亦有江南客，莫向春风唱鹧鸪。”
- **“冶叶”句：**冶叶倡条，形容杨柳枝条婀娜多姿，这里喻指《杨柳枝》舞。唐·李商隐《燕台四首》其一《春》诗：

“风光冉冉东西陌，几日娇魂寻不得。蜜房羽客类芳心，冶叶倡条遍相识。”

○ **“争如”二句：** 争如，比不上。豆蔻花梢，喻指少女的青春年华。唐·杜牧《赠别二首》其一诗：“娉娉袅袅十三余，豆蔻梢头二月初。春风十里扬州路，卷上珠帘总不如。”

○ **“年少”句：** 青春年华转瞬消逝。须臾，片刻。唐·白居易《东南行一百韵……窦七校书》诗：“几见林抽笋，频惊燕引雏。岁华何倏忽，年少不须臾。”

○ **“芳时”句：** 误作白居易诗。郑遨（一作杜光庭）《招友人游春》诗：“难把长绳系日乌，芳时偷取醉工夫。任堆金璧磨星斗，买得花枝不老无。”

○ **“罗帐”句：** 唐·韩偓《闻雨》诗：“香侵蔽膝夜寒轻，闻雨伤春梦不成。罗帐四垂红烛背，玉钗敲著枕函声。”

○ **“豁得”句：** 豁得，舍弃。俊气，豪气。唐·杜牧《寄杜子二首》其二诗：“不识长杨事北胡，且教红袖醉来扶。狂风烈焰虽千尺，豁得平生俊气无？”

◎又

怅望送春杯杜牧，渐老逢春能几回杜甫。花满楚城愁远别许浑，伤怀，何况清丝急管催刘禹锡。

吟断望乡台李商隐，万里归心独上来许浑。景物登临闲始见杜牧，徘徊，一寸相思一寸灰李商隐。

题解

此词情思婉转，乡情、爱情融于其中，是集句词的上乘之作。《苏轼词新释辑评》认为，此词“作于宋仁宗嘉祐四年（1059）十二月，东坡服丧完毕，在赴京途中的荆州思念妻子王弗而作此词”。聊备一说。

注释

- **“怅望”句：** 惆怅地望着并举起送春的酒杯。唐·杜牧《惜春》诗：“春半年已除，其余强为有。即此醉残花，便同尝腊酒。怅望送春杯，殷勤扫花帚。谁为驻东流，年年长在手。”
- **“渐老”句：** 年岁渐老，碰上春天的机会还能有几回。唐·杜甫《绝句漫兴九首》其四诗：“二月已破三月来，渐老逢春能几回。莫思身外无穷事，且尽生前有限杯。”
- **“花满”句：** 在花开遍布的楚城却感受到远方传来的离愁别绪。楚城，楚国都城。唐·许浑《竹林寺别友人》诗：“骚人吟罢起乡愁，暗觉年华似水流。花满谢城伤共别，蝉鸣萧寺喜同游。前山月落杉松晚，深夜风清枕簟秋。明日分襟又何处，江南江北路悠悠。”

○ **“何况”句：** 清丝，清弦，节奏缓慢的音乐。急管，节奏急促的管乐。唐·刘禹锡《洛中送韩七中丞之吴兴口号五首》其三诗：“今朝无意诉离杯，何况清弦急管催。本欲醉中轻远别，不知翻引酒悲来。”

○ **“吟断”句：** 望乡台，可以远望故乡的高台。唐·李商隐《晋昌晚归马上赠》诗：“人岂无端别，猿应有意哀。征南予更远，吟断望乡台。”

○ **“万里”句：** 相隔万里的归乡之心独自涌上心头。唐·许浑《冬日登越王台怀归》诗：“月沉高岫（xiù）宿云开，万里归心独上来。河畔雪飞扬子宅，海边花盛越王台。泷分桂岭鱼难过，瘴近衡峰雁却回。乡信渐稀人渐老，只应频看一枝梅。”

○ **“景物”句：** 只有在心境悠闲的时刻才能发现登山临水时的别样情致。唐·杜牧《八月十二日得替后移居霅溪馆因题长句四韵》诗：“万家相庆喜秋成，处处楼台歌板声。千岁鹤归犹有恨，一年人住岂无情。夜凉溪馆留僧话，风定苏潭看月生。景物登临闲始见，愿为闲客此闲行。”

○ **“一寸”句：** 一寸灰，心恢意冷的感受。唐·李商隐《无题》诗：“飒飒东风细雨来，芙蓉塘外有轻雷。金蟾啮锁烧香入，玉虎牵丝汲井回。贾氏窥帘韩掾少，宓（fú）妃留枕魏王才。春心莫共花争发，一寸相思一寸灰。”

◎菩萨蛮

七夕黄州朝天门上二首。

画檐初挂弯弯月，孤光未满先忧缺。遥认玉帘钩，天孙梳洗楼。

佳人言语好，不愿求新巧。此恨固应知，愿人无别离。

题解

元丰三年庚申（1080）七夕作于黄州。本词作于词人与继室王闰之在黄州重聚之时。词人登上朝天门，触景生情，以牛女的传说来期望全天下的爱人团圆幸福，永不分离。

注释

- **朝天门：**北宋时黄州东南角城门。
- **画檐：**有画饰的屋檐。唐·郑嵎《津阳门》诗："象床尘凝罨（yǎn）飒被，画檐虫网颇梨碑。"
- **孤光：**指月亮。唐·杜甫《桔柏渡》诗："孤光隐顾眄，游子怅寂寥。"
- **玉帘钩：**比喻弦月。南朝宋·鲍照《玩月城西门廨中》诗："始出西南楼，纤纤如玉钩。"
- **天孙：**织女星。《史记》卷二七《天官书》："织女，天女孙也。"

梳洗楼： 梳妆楼。傅注：“唐连昌宫有梳洗楼，乃天宝中为杨贵妃所建也。”唐·元稹《连昌宫词》：“寝殿相连端正楼，太真梳洗楼上头。”

佳人： 此指作者的妻子王闰之。

言语好： 言语和善、动听。

求新巧： 即乞巧。旧时风俗，农历七月七日夜（或七月六日夜）妇女在庭院向织女星乞求智巧。

此恨： 别离的痛苦。唐·白居易《长恨歌》诗：“天长地久有时尽，此恨绵绵无绝期。”

◎又

回文

落花闲院春衫薄，薄衫春院闲花落。迟日恨依依，依依恨日迟。

梦回莺舌弄，弄舌莺回梦。邮便问人羞，羞人问便邮。

题解

作于元丰三年（1080）。全词借暮春时节，女子空守庭院思念爱人的痴情与“恨情”，进而烘托作者内心的孤独与寂寞之感。

注释

- **回文**：或称回环。把相同的词语或句子，在下文中调换位置或颠倒过来，产生首尾回环的情趣。《晋书》卷九六《窦滔妻苏氏传》：“窦滔妻苏氏，始平人也，名蕙，字若兰。善属文。滔，苻坚时为秦州刺史，被徙流沙，苏氏思之，织锦为回文旋图诗以赠滔。宛转循环以读之，词甚凄惋，凡八百四十字。”
- **春衫**：词中指思念爱人的女子 。
- **莺舌弄**：唱着歌儿的黄莺。
- **“邮便”二句**：邮便，邮政。便邮，替人投递书信的人。

◎又

柳庭风静人眠昼，昼眠人静风庭柳。香汗薄衫凉，凉衫薄汗香。

手红冰碗藕，藕碗冰红手。郎笑藕丝长，长丝藕笑郎。

题解

作于宋神宗元丰三年庚申（1080）。这首回文词是作者“四时闺怨”中的“夏闺怨”。上片描写了一位夏日庭院歇息的睡美人形象，夏日显得安静、淡然，隐隐的汗水印在衣衫上，衣衫也印上了女子的汗香。下片由静景转为动景，画面转到女子的手腕与碗里的藕，突出女子粉嫩的手。末句描写其与爱人之间互相嬉戏，表现两人的夏日情趣，描绘了一位调皮可爱的小女子形象。虽为“闺怨”，却情调活泼。

注释

- **昼眠：** 午睡。
- **碗藕：** 手腕如藕，形容女子的胳膊白嫩得像新鲜的莲藕一般。
- **藕丝：** 喻情意绵绵。唐·孟郊《去妇》诗：“妾心藕中丝，虽断犹牵连。”

◎又

雪花飞暖融香颊，颊香融暖飞花雪。欺雪任单衣，衣单任雪欺。

别时梅子结，结子梅时别。归不恨开迟，迟开恨不归。

题解

作于宋神宗元丰三年庚申（1080）。全词描写一位女子在暮冬时节思念自己的爱人，痴情嗔恨的情感与冬雪融合在一起，仿佛景物也有了情绪，情随景动，景具人情。上片写女子等待的执着，借雪花来表现女子心里的热情。下片回忆爱人之间的离别，进一步加深了女子的“怨”，未能如愿却还保持期望的矛盾心理借梅花又传达出来，含蓄富有情趣，将一位女子内心的细腻情感与冬景物相结合，诗意隽永。

注释

- **香颊：** 指女子芬芳透香的面颊。
- **梅子：** 梅树的果实。唐·韩偓《中庭》诗：“中庭自摘青梅子，先向钗头戴一双。”

◎又

娟娟侵鬓妆痕浅，双蛾相媚弯如剪。一瞬百般宜，无论笑与啼。

酒阑思翠被，特故腾腾地。生怕促归轮，微波先泥人。

题解

本词以细致的笔触描写了妓女的眼睛，从她的眼中可见其一生的悲惨命运与无法改变的无奈。以小见大，更隐晦地讥讽了当时社会的腐朽，对底层人的为生计所迫表达了自己的同情与怜悯。

注释

- **百般：** 谓各种情态。唐·韩愈《游城南十六首·晚春》诗："草树知春不久归，百般红紫斗芳菲。"
- **翠被：** 翡翠羽制成的背帔。《左传·昭公十二年》："翠被，豹舄，执鞭以出，仆析父从。"
- **腾腾：** 蒙胧、迷糊的情状。唐·韩偓《马上见》诗："去带瞢腾醉，归成困顿眠。"

◌ **归轮：** 归家的车驾。

◌ **微波：** 眼波。三国魏 · 曹植《洛神赋》：“无良媒以接欢兮，托微波而通辞。”

◌ **泥人：** 留住人。

◎又

咏足

涂香莫惜莲承步，长愁罗袜凌波去。只见舞回风，都无行处踪。

偷穿宫样稳，并立双趺困。纤妙说应难，须从掌上看。

题解

此词描写女性缠足后的小脚。邹王本认为：此词傅本、元本不载。曾慥本《东坡词拾遗》收录。曾本《拾遗》系据张宾老所编并载于蜀本者补录，张宾老所编本成书于大观三年(1109)以前，故知此词于北宋后期已定为苏轼所作。”

注释

- **莲承步：**《南史》卷五《齐本纪下·废帝东昏侯》：“又凿金为莲华以帖地，令潘妃行其上，曰：‘此步步生莲华也。’涂壁皆以麝香，锦幔珠帘，穷极绮丽。”
- **罗袜凌波：**步履轻盈。三国魏·曹植《洛神赋》：“凌波微步，罗袜生尘。”
- **回风：**舞姿回旋貌。《尔雅》卷中《释天》：“回风为飘。”唐·杜甫《对雪》诗：“乱云低薄暮，急雪舞回风。”
- **宫样：**皇宫中流行的装束，这里指鞋子。唐·韩偓《忍笑》诗：“宫样衣裳浅画眉，晚来梳洗更相宜。”

◌ **双趺（fū）：** 双脚。唐 · 袁郊《甘泽谣 · 红线》：“田亲家翁止于帐内，鼓趺酣眠。”

◌ **纤妙：** 精细曼妙。后汉 · 马融《长笛赋》：“微风纤妙，若存若亡。”此处形容女子缠足。

◌ **说应难：** 难以用语言形容、表达。

◌ **掌上：** 指掌上足舞。将女子脚托于掌上才能看出其足的纤妙。《南史》卷六三《羊侃传》：“舞人张净琬腰围一尺六寸，时人咸推能掌上舞。”

◎浣溪沙

霜鬓真堪插拒霜，哀弦危柱作《伊》《凉》。暂时流转为风光。

未遣清尊空北海，莫因长笛赋山阳。金钗玉腕泻鹅黄。

题解

元祐四年己巳（1089）作于杭州。上片写自己年事已高，鬓发已白，仍可插戴木芙蓉，不畏老之将至的恐惧，亦表现出自己高洁于世的品质。下片借酒抒怀，表现了离别之后对友人钱勰思的怀念，以及遭馋被贬后的无奈。

注释

- **拒霜：** 木芙蓉的别称。宋 · 苏轼《和陈述古拒霜花》诗："千林扫作一番黄，只有芙蓉独自芳。唤作拒霜知未称，细思却是最宜霜。"
- **哀弦危柱：** 悲凉的弦乐与琴声。三国魏 · 曹丕《善哉行》其二诗："哀弦微妙，清气含芳。"南朝梁 · 萧统《文选 · 谢灵运诗》："殷勤诉危柱，慷慨命促管。"
- **《伊》《凉》：** 曲调名。《新唐书》卷二二："开元二十四年，升胡部于堂上。而天宝乐曲，皆以边地名，若《凉州》《伊州》《甘州》之类。"

○ **流转：**变化运行。唐·杜甫《曲江二首》其二诗："传语风光共流转，暂时相赏莫相违。"

○ **北海：**指孔融，东汉末年文学家，"建安七子"之一。汉献帝即位后曾任北海相，时称孔北海。

○ **长笛赋山阳：**向秀《思旧赋并序》："余与嵇康、吕安，居止接近；其人并有不羁之才。然嵇志远而疏，吕心旷而放，其后各以事见法……余逝将西迈，经其旧庐；于时日薄虞渊，寒水凄然。邻人有吹笛者，发声寥亮；追思曩夕游宴之好，感音而叹，故作赋云：济黄河以汎舟兮，经山阳之旧居……听鸣笛之慷慨兮，妙声绝而复寻。停驾言其将迈兮，遂援翰而写心。"

○ **金钗玉腕：**代指侑酒的歌伎。

○ **鹅黄：**傅注："鹅黄，酒色也。"这里代指浅黄色的酒。唐·杜甫《舟前小鹅儿》诗："鹅儿黄似酒，对酒爱新鹅。"

◎又

彭门送梁左藏

怪见眉间一点黄，诏书催发羽书忙。从教娇泪洗红妆。

上殿云霄生羽翼，论兵齿颊带风霜。归来衫袖有天香。

题解

元丰元年戊午（1078）七月作于徐州。本词为赠别之作。行人梁交是苏辙的好友，文武兼备。《苏轼诗集》卷一六中有《和子由送将官梁左藏仲通》《送将官梁左藏赴莫州》二首诗，可参考。这是一首送别词，上片说明梁交赴京的原委；下片设想梁交入京上朝之后的雄姿。全词用词收放自如，角度切换自然，突出了作者对友人真诚的祝愿，情真意切。

注释

- **彭门：** 指徐州。
- **梁左藏：** 即梁交（仲通），苏辙的好友。左藏，古时国库之一，宋初诸州贡赋均输往该地，此处代指官职名。
- **眉间一点黄：** 古代相书认为眉间显黄色是有喜事的征兆。唐·韩愈《郾城晚饮奉赠副使马侍郎及冯李二员外》诗：“城上赤云呈胜气，眉间黄色见归期。”

- **羽书：**羽檄。古代紧急公文，上插有羽毛。唐·高适《燕歌行》诗：“校尉羽书飞瀚海，单于猎火照狼山。”

- **从教：**从而使得。唐·施肩吾《春日宴徐君池亭》诗：“池上有门君莫掩，从教野客见青山。”

- **羽翼：**翅膀，言梁交入朝时犹如展翅的鲲鹏，直冲云霄。《管子·霸形》：“寡人之有仲父也，犹飞鸿之有羽翼也。”

- **“论兵”句：**《苏轼诗集》卷四〇《寄高令》诗：“诗成锦绣开胸臆，论极冰霜绕齿牙。”此句形容梁交入朝之后谈论军事，言辞慷慨刚烈，犹如风霜袭人。

- **天香：**指宫廷中御用的薰香。唐·贾至《早朝大明宫呈两省僚友》诗：“剑佩声随玉墀步，衣冠身惹御炉香。”

◎又

端午

轻汗微微透碧纨，明朝端午浴芳兰。流香涨腻满晴川。

彩线轻缠红玉臂，小符斜挂绿云鬟。佳人相见一千年。

题解

绍圣二年乙亥（1095）五月，作于惠州。本词主要描写端午节的风物人情，从不同角度描写端午节的活动，“彩线缠臂”“符挂云鬟”等，寄托了作者的美好祝愿。也有人认为是为其妾朝云而作。

注释

- **轻汗**：微微的香汗。南朝宋·谢惠连《捣衣》诗：“微芳起两袖，轻汗染双题。”
- **碧纨**：绿色的细绢。
- **浴芳兰**：以芳兰为浴汤。战国·屈原《楚辞·九歌·云中君》：“浴兰汤兮沐芳，华采衣兮若英。”
- **流香涨腻**：极多的兰汤倒入河中，使晴川涨腻流香。唐·杜牧《阿房宫赋》：“渭流涨腻，弃脂水也。”
- **彩线**：五彩线。《艺文类聚》卷四引《风俗通》：“五月五日，以五彩丝系臂者，辟兵及鬼。令人不病温（瘟）。亦因屈原。”

- **红玉：**古代常以比喻女子肌肤红润。刘歆《西京杂记》卷一：“赵后体轻腰弱，善行步进退，女弟昭仪不能及也，但昭仪弱骨艳肌，尤工笑语，二人并色如红玉。”
- **符：**符箓。《抱朴子·内篇》卷一五《杂应》：“或问辟五兵之道，抱朴子答曰：‘……以五月五日，作赤灵符著心前。’”
- **佳人：**这里盖指词人的爱妾王朝云。

◎又

倾盖相逢胜白头，故山空复梦松楸。此心安处是菟裘。

卖剑买牛吾欲老，乞浆得酒更何求。愿为同社宴春秋。

题解

作于元丰七年（1084）九月，为词人在宜兴求田时所作。上片描写作者锐气已减、安于现状的心态；下片用典，表达自己对隐居闲适生活的向往之情。

注释

- **“倾盖”句：** 一见如故的新交之情胜过从年少到白头的深情厚谊。倾盖，车的伞盖相倾碰到一起，引申为初次相逢。南朝梁 · 萧统《文选》邹阳《狱中上书自明》：“语曰：‘白头如新，倾盖如故。’何则？知与不知也。”
- **故山：** 故乡的山，喻家乡。南朝宋 · 谢灵运《初发石首城》诗：“故山日已远，风波岂还时。”
- **松楸（qiū）：** 墓地多种松树与楸树，代指坟墓，这里指作者祖先、父母的坟墓。
- **菟裘：**《左传 · 隐公十一年》：“使营菟裘，吾将老焉。”注：菟裘，鲁邑，在泰山梁父县南。不欲复居鲁朝，故别营外邑。后称告老退隐的居处为菟裘。

- **卖剑买牛**：汉宣帝时，渤海地区灾荒严重，人民饥不得食，无以为生，于是持刀举剑起义。为了平息人民的起义烽火，朝廷派龚遂到渤海地区去任太守。龚遂到任以后，一方面下令各县停止大规模地捕杀，对放下武器的人概不追究；而对持戈拿刀行劫者，严加惩处。另一方面，他又下令各县，凡手握锄镰从事生产的农民，不得有丝毫干扰，并要求普遍诱导民众有刀剑者，"卖剑买牛，卖刀买犊"，从事生产自救。农民在官吏的诱导下，卖掉刀剑，买回耕牛、农具，辛勤地耕种。人民生活从此逐渐有所好转。后来人们引用"卖剑买牛"比喻改业归田。

- **乞浆得酒**：乞，乞讨。浆，淡酒。比喻得到的超过所要求的。傅注："《阴阳书》云：'太岁在酉，乞浆得酒。'"

- **同社**：犹指同乡。社，古代的地区单位，方六里为社。唐·韩愈《南溪始泛三首》其二诗："愿为同社人，鸡豚燕春秋。"

◎又

炙手无人傍屋头，萧萧晚雨脱梧楸。谁怜季子敝貂裘。

顾我已无当世望，似君须向古人求。岁寒松柏肯惊秋。

题解

作于元丰七年甲子（1084）。这是一首咏怀词，上片描写生活环境的清苦，借用典故来展现自己的处境之悲。下片直抒胸臆，结尾表达了对友人的赞扬之情。

注释

- **“炙手”句：**无人来我的屋内暖手。形容失意之时受到人们的冷落。唐·白居易《放言五首》其四诗：“昨日屋头堪炙手，今朝门外好张罗。”
- **“萧萧”句：**唐·白居易《长恨歌》诗：“秋雨梧桐叶落时。”
- **季子：**指苏秦。《战国策·秦策一》中记载，苏秦之嫂呼其为“季子”。
- **敝貂裘：**《战国策·秦策一》：“（苏秦）说秦王书十上而说不行，黑貂之裘敝，黄金百斤尽，资用乏绝，去秦而归。”敝裘，后人用来形容艰难的处境。唐·杜甫《暮秋将归秦留别湖南幕府亲友》诗：“北归冲雨雪，谁悯敝貂裘。”

○ **当世：** 出仕。《左传·昭公七年》："圣人有明德者，若不当世，其后必有达人。"《正义》："不当世，谓不得在位为国君也。"这里指进入仕途，施展才华。

○ **古人求：** 要从古人中寻找与好友相媲美的贤才。《晋书》卷四三《王衍传》："衍字夷甫，神情明秀，风姿详雅……武帝闻其名，问戎曰：'夷甫当世谁比？'戎曰：'未见其比，当从古人中求之。'"

○ **"岁寒"句：** 《论语·子罕》："岁寒，然后知松柏之后凋也。"唐·韦应物《府舍月游》诗："横河俱半落，泛露忽惊秋。"

◎又

玄真子《渔父词》极清丽，恨其曲度不传，故加数语，令以《浣溪沙》歌之。

西塞山边白鹭飞，散花洲外片帆微。桃花流水鳜鱼肥。

自庇一身青箬笠，相随到处绿蓑衣。斜风细雨不须归。

题解

丁永淮《苏轼黄州活动年月表》云：元丰五年三月七日，苏轼到黄州东南三十里沙湖看田，在蕲水县治南兰溪（今浠河）岸石壁书“洄澜”二字，然后“顺兰溪下至长江边散花洲，檃栝唐张志和名词《渔歌子》作《浣溪沙·渔父》”。此词是据张志和《渔歌子》改编而成的。上片写景，下片写人，寄托了热爱自然、乐而忘归的田园生活情调。

注释

- **玄真子：** 唐人张志和号。张志和，字子同，祖籍为婺州，有《渔父》词五首。
- **西塞山：** 又名道士矶，今位于湖北省黄石市。《词苑》载：武昌府大冶县东九十里，为道士矶，即西塞山。《水经》云：“壁立千仞，东北对黄公九矶，故名西塞山；横截江流，旋涡沸激；舟人过之，每为失色。”

○ **散花洲：** 湖北浠水县管辖的散花洲，与西塞山相对。相传周瑜在赤壁击溃曹军后，孙权在此散花以犒劳战胜的军队。

○ **桃花流水：**《汉书》卷二九《沟洫志》："来春桃华水盛，必羡溢。"颜师古注云："《月令》：'仲春之月，始雨水，桃始华。'盖桃方华时，既有雨水，川谷冰泮，众流猥集，波澜盛长，故谓之桃华水耳。而《韩诗传》云'三月桃华水'。"

○ **鳜鱼：** 亦称"石桂鱼"，又名"桂鱼"。长江中游黄州、黄石一带有之。体侧扁，口大鳞细，青黄色，全身有黑色斑点，味道鲜美。《本草纲目》卷四四《鳞·鳜鱼》："其味如豚，故名水豚，又名鳜豚。"

○ **箬（ruò）笠：** 用箬竹叶或篾编结的宽边帽。

○ **"斜风"句：** 傅注："唐开元间，隐者张志和为颜鲁公门下诗酒客。鲁公为豫章太守，一日宴集，坐客皆作《渔父》词，志和词曰：'西塞山边白鹭飞，桃花流水鳜鱼肥。青箬笠，绿蓑衣，斜风细雨不须归。'"

◎又

方响

花满银塘水漫流，犀槌玉板奏《凉州》。顺风环佩过秦楼。

远汉碧云轻漠漠，今宵人在鹊桥头。一声敲彻绛河秋。

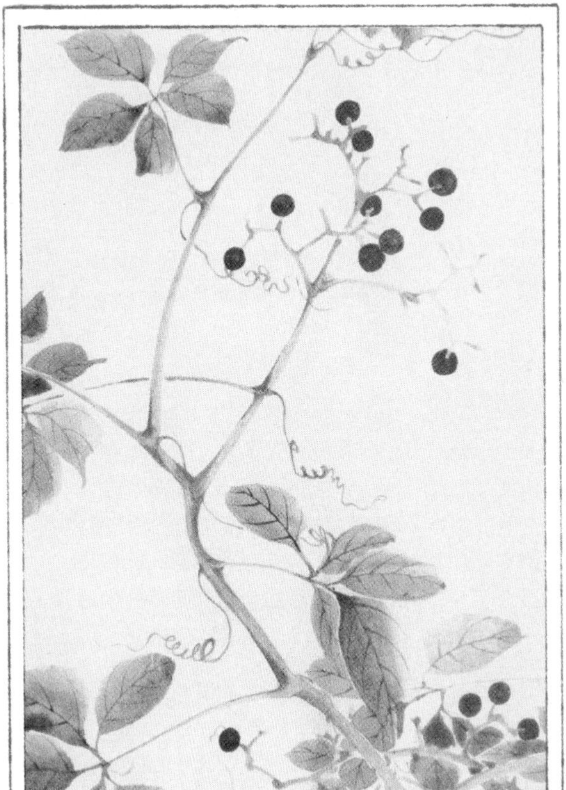

题解

此词写乐女在秋夜楼头奏方响的全过程，凸显方响超凡的艺术力量。全词从多角度表现了方响的音乐效果。

注释

- **方响：**古代敲击乐器。出自南北朝时的北周,后为隋、唐燕乐中常用的乐器。《通典》卷一四四《乐四》：“方响，梁有铜磬，盖今方响之类也。方响以铁为之，修九寸，广二寸，圆上方下，架如磬而不设业，倚于架上以代钟磬。人间所用者，才三四寸。”唐 · 白居易《偶饮》诗：“千声方响敲相续，一曲云和戛未终。”
- **银塘：**澄澈的池塘。南朝梁 · 萧纲《和武帝宴》诗二首其一：“银塘泻清渭，铜沟引直漪。”
- **犀槌玉板：**犀槌，由犀角所制的打方响的小槌。玉板，拍板的美称。
- **凉州：**见《浣溪沙》（霜鬓真堪插拒霜）注释“伊凉”。

- **环佩：** 身上佩戴的玉制饰物。唐·杜牧《华清宫三十韵》："神仙高缥缈，环佩碎丁当。"

- **秦楼：** 本指秦穆公女弄玉之楼，此处指女子所居之楼。唐·李白《忆秦娥》词："箫声咽，秦娥梦断秦楼月。"

- **鹊桥：** 唐·韩鹗《岁华纪丽》卷三《七夕》："鹊桥已成，织女将渡。"注："《风俗通》云：织女七夕当渡河，使鹊为桥。"唐·宋之问《明河篇》："鸳鸯机上疏萤度，乌鹊桥边一雁飞。"

- **绛河：** 银河，又称天河、天汉。唐·杜审言《七夕》诗："白露含明月，青霞断绛河。"

◎南歌子

师唱谁家曲，宗风嗣阿谁？借君拍板与门槌，我也逢场作戏、莫相疑。

溪女方偷眼，山僧莫皱眉。却愁弥勒下生迟，不见老婆三五、少年时。

题解

宋哲宗元祐五年庚午（1090）作于杭州。此词是苏轼对善本（法通和尚）的游戏之作，嘲弄大通禅师虽身为僧人，但对人间仕进荣华仍未真正脱俗；约写于善本进京前的元祐五年。

注释

- **“师唱”二句：**嗣，继承，接续。阿谁，谁。《传灯录》：“关南道吾和尚，因见巫师乐神，打鼓作舞，云：‘还识神也。’师于此大悟。后往德山，申其悟旨。德山乃印可。师往后每至升座时，着绯衣，执木简作礼。僧问：‘师唱谁家曲，宗风嗣阿谁？’师云：‘打动关南鼓，唱起德山歌。’问：‘如何是和尚家风？’师云：‘禅床作女人。’拜云：‘谢子远来，无可相待。’”
- **拍板与门槌：**讲经说法时所用敲拍的器具。傅注：“梁武帝请志公和尚讲经，志公对曰：‘自有大士，见在渔行，善能讲唱。’帝乃召大士入内，问曰：‘用何高座？’大士对曰：‘不用高座，只用拍板一具。’大士得板，遂乃唱经，并四十九颂，唱毕而去。大士乃傅大士也。又武帝尝一夕焚章而召诸法师斋，人莫有知之者。大士诘朝即手持一铁槌，径往以叩梁之端门，而先赴召。时若娄约法师者，犹或后至，若云先法师等，终不知所召矣。"

◐ **逢场作戏：**傅注："《传灯录》：僧邓隐峰云，'竿木随身，逢场作戏'。"

◐ **溪女：**农村少女。唐·杜甫《解闷十二首》其一诗："山禽引子哺红果，溪女得钱留白鱼。"

◐ **偷眼：**偷看。

◐ **弥勒下生：**傅注："释氏有当来下生弥勒佛，言百千万亿劫后，阎浮世界复散为虚空，则弥勒佛乃当下生时也。"见《弥勒下生经》。

◐ **不见老婆三五：**比喻大通和尚年少时有过的放浪举动。五代·王定保《唐摭言》卷三："薛监晚年厄于宦途，尝策羸赴朝，值新进士榜下缀行……前导曰：'回避新郎君！'逢辗然，即遣一介语之曰：'报道莫贫相！阿婆三五少年时，也会东涂西抹来。'"

◎又

紫陌寻春去，红尘拂面来。无人不道看花回，惟见石榴新蕊、一枝开。

冰簟堆云髻，金尊滟玉醅。绿阴青子莫相催，留取红巾千点、照池台。

题解

作于宋哲宗元祐五年（1090）暮春。词中写“石榴新蕊”与《贺新郎》（乳燕飞华屋）词都用“红巾千点”的形象来形容，两词可能作于同时。上片化用刘禹锡诗句，表现的是暮春时节佳人寻春看花归来；下片既写佳人又写榴花，提醒人们把握大好时光，莫待光阴流逝才知悔。

注释

- **紫陌：**京师郊野的道路。唐·刘禹锡《元和十一年自朗州召至京，戏赠看花诸君子》诗：“紫陌红尘拂面来，无人不道看花回。”
- **石榴新蕊：**石榴新开的花朵。傅注：“唐明皇幸蜀，至扶风，路旁见一石榴树，团团，爱玩之，因呼为端正树，盖有所思也。”
- **冰簟：**凉席。唐·李商隐《可叹》诗：“冰簟且眠金镂枕，琼筵不醉玉交杯。”

- **云髻：**女子所梳之高髻。借指美女。三国魏·曹植《洛神赋》：“云髻峩峩，修眉联娟。”
- **滟：**《集韵》：“水满貌”。
- **玉醅（pēi）：**碧玉般的美酒。醅，未滤过的酒。《酒名记》：“金波磁州风曲，法酒深州玉醅。”
- **青子：**绿叶中正在生长、尚未成熟的青色果实。
- **红巾千点：**指榴花簇红的花瓣，形容榴花开得十分繁盛。

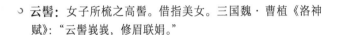

◎又

笑怕蔷薇罥，行忧宝瑟僵。美人依约在西厢，只恐暗中迷路、认余香。

午夜风翻幔，三更月到床。簟纹如水玉肌凉，何物与侬归去、有残妆。

题解

作于宋神宗元丰元年（1078）正月。薛本认为此词将莺莺事与崔徽事糅合并用（以前者为主），诗集中有《章质夫寄惠〈崔徽真〉》诗，作于同年正月，将此词与诗编于同年。上片着重写张生偷情的隐秘心理；下片写幽会与归去时的感觉。全词情致婉约，具有故事性。

注释

- **罥（juàn）：** 挂住，缠绊。
- **宝瑟僵：** 宝瑟，瑟的美称。僵，倒下。《汉书》卷六八《金日磾传》：莽何罗谋为逆，“须臾，何罗袖白刃从东箱上，见日磾，色变，走趋卧内欲入，行触宝瑟，僵。”
- **西厢：**《会真记》记崔莺莺诗云：“待月西厢下，迎风户半开。拂墙花影动，疑是玉人来。”
- **簟纹：** 竹席之纹。
- **残妆：**《会真记》写张生“及明，睹妆在臂，香在身”。

◎又

寸恨谁云短，绵绵岂易裁。半年眉绿未曾开，明月好风闲处、是人猜。

春雨消残冻，温风到冷灰。尊前一曲为谁回，留取曲终一拍、待君来。

题解

薛本编年为宋神宗元丰三年庚申（1080）二月，作于黄州。邹王本认为此词当是苏轼乌台诗案出狱之后，初到黄州贬所之作。东坡于己未(1079)年底出狱，庚申正月一日即与长子迈赴贬所黄州，二月一日至黄州，二月中旬苏辙送同安君王闰之等苏轼家小赴黄州，五月底至黄州。全词情景交融，对与爱人团聚的期待跃然纸上。

注释

- **寸恨：**细微的怅惘之情。唐·韩愈《感春五首》其二诗："孤吟屡阕莫与和，寸恨至短谁能裁。"
- **绵绵：**连续不断。唐·白居易《长恨歌》："天长地久有时尽，此恨绵绵无绝期。"
- **岂易裁：**岂能轻易剪断。
- **眉绿未曾开：**指愁眉不展。眉绿，又称代黛绿，即黑眉。

◌ **残冻：**尚未化尽的冰雪。唐·孟浩然《溯江至武昌》诗："残冻因风解，新正度腊开。"

◌ **温风：**和暖的风。《礼记·乐令》："季夏之月……小暑之日，温风始至。"

◌ **冷灰：**心如冷灰，喻低落的心情。唐·李商隐《韩冬郎即席为诗相送一座尽惊他日余方追吟连宵侍坐裴回久之句有老成之风因成二绝寄酬兼呈畏之员外》其一诗："十岁裁诗走马成，冷灰残烛动离情。"

◌ **曲终一拍：**一首曲子的最后一拍。

◎又

见说东园好，能消北客愁。虽非吾土且登楼，行尽江南南岸、此淹留。

短日明枫缬，清霜暗菊球。流年回首付东流，凭仗挽回潘鬓、莫教秋。

题解

元丰七年甲子（1084）九月，作于真州。孔谱云苏轼元丰七年八月十四日离金陵，赴真州。九月初尚在真州，词应作于当时游真州东园。词的上片描写东园的美丽风光。词的下片特写眼前景物。作者借此发出了光阴易逝、人生短暂的感慨。

注释

- **见说：**听说。
- **东园：**江苏仪真风景园林之一。宋·欧阳修《真州东园记》：“真为州，当东南之水会，故为江淮、两浙、荆湖发运使之治所。”
- **北客：**作者自谓。
- **吾土：**故土，家乡。三国魏·王粲《登楼赋》：“虽信美而非吾土兮，曾何足以少留。”
- **淹留：**停留，逗留。三国魏·曹丕《燕歌行二首》其一：“慊慊思归恋故乡，君何淹留寄他方？”

- **短日：**秋日白昼渐短，故云。唐·韩愈《燕河南府秀才得生字》诗："阴风搅短日，冷雨涩不晴。"

- **枫缬：**南朝梁·顾野王《玉篇》："缬，彩缬也。"此言枫叶五彩斑斓，如有彩纹的丝织品。宋·范成大《上方寺》诗："枫缬醉晴日，橘黄明蚤霜。"

- **菊球：**指菊花，状如圆球。宋·寇宗奭（shì）《本草衍义》："大小如椿花，甚细碎，每一苞约弹许大，成一球。一花六叶，一朵有七八球。"

- **潘鬓：**指中年鬓发初白。晋·潘岳《秋兴赋》序："余春秋三十有二，始见二毛。"唐·赵嘏《春尽独游慈恩寺南池》诗："秦城马上半年客，潘鬓水边今日愁。"

◎江城子

腻红匀脸衬檀唇。晚妆新，暗伤春。手捻花枝，谁会两眉颦。连理带头双飞燕，留待与，个中人。

淡烟笼月绣帘阴。画堂深，夜沉沉。谁道连理，能系得人心。一自绿窗偷见后，便憔悴，到如今。

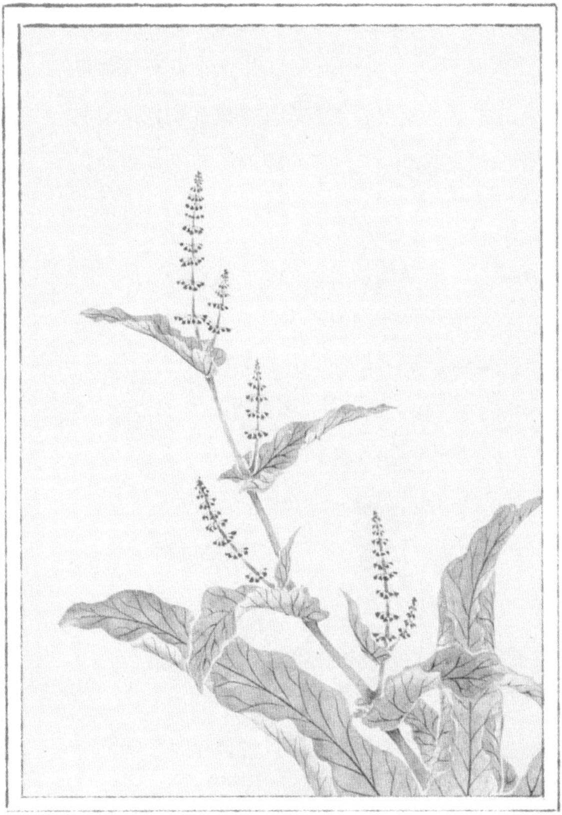

题解

《苏轼词新释辑评》认为，此词“作于宋仁宗嘉祐二年（1057）二月，嘉祐元年六月，东坡自家乡四川来京师应试，耳闻目睹宫廷生活，颇有感触；尤其对绮靡和艳情习气颇为不满，遂作此词以披露之”。有待详考。邹王本亦列入存疑词。

全词细腻地描写了女子的妆容、情绪、活动等，从中表现其丰富微妙的心理变化。女子内心矛盾又无可奈何，渴望爱情却又注定无法得到爱人的形象跃然纸上。

注释

- **腻红匀脸：** 细腻的红粉均匀地抹在脸上。唐·韩偓《惜花》诗：“皱白离情高处切，腻香愁态静中深。”
- **檀唇：** 红唇。唐·韩偓《余作探使以缭绫手帛子寄贺因而有诗》：“黛眉印在微微绿，檀口消来薄薄红。”
- **晚妆：** 唐·司空图《偶书五首》其三诗：“晚妆留拜月，卷上水精帘。”

○ **手捻花枝：** 用手指搓转花枝。宋 · 秦观《画堂春》词："柳外画楼独上，凭阑手捻花枝。放花无语对斜晖，此恨谁知？"

○ **两眉颦：** 双眉紧锁，忧愁不悦的样子。《晋书》卷四九《戴逵传》："是犹美西施而学其颦眉，慕有道而折其巾角。"

○ **连理带：** 即绣有连理植物的衣带。连理，原指不同根的草木、枝干连生在一起，后多用于比喻至死不渝的爱情。汉 · 班固《白虎通义》卷二《封禅》："德至草木，朱草生，木连理。"唐 · 白居易《长恨歌》："在天愿作比翼鸟，在地愿为连理枝。"

○ **个中人：** 喜爱的人。

○ **淡烟笼月：** 淡淡的烟雾笼罩着月色。唐 · 杜牧《泊秦淮》诗："烟笼寒水月笼沙，夜泊秦淮近酒家。"

○ **绿窗：** 代指女子居所。唐末五代 · 韦庄《菩萨蛮》词："劝我早归家，绿窗人似花。"

◎蝶恋花

花褪残红青杏小。燕子飞时，绿水人家绕。枝上柳绵吹又少，天涯何处无芳草。

墙里秋千墙外道。墙外行人，墙里佳人笑。笑渐不闻声渐悄，多情却被无情恼。

题解

作于宋哲宗绍圣二（1095）春，苏轼贬居岭南期间作。《词林纪事》卷五引《林下词谈》中记载：时苏轼贬官在惠州，与朝云闲坐。青女（霜雪女神）也刚到，落木萧萧，凄凄然有悲秋之意。于是，苏轼让朝云把酒，唱“花褪残红”。朝云歌喉将啭，泪满衣襟。东坡便问其故，朝云回答：“奴所不能歌，是‘枝上柳绵吹又少，天涯何处无芳草’也。”东坡大笑道：“是吾正悲秋，而汝又伤春矣。”遂罢。朝云不久抱疾而亡，于是苏东坡再也不听此词。

注释

- **“花褪”句：**指杏花瓣刚刚落尽，青杏刚刚成形。暗指暮春时节。
- **柳绵吹又少：**意谓春天即将过去。柳绵，即柳絮。
- **“天涯”句：**春光已逝，芳草遍地。
- **“多情”句：**多情，指墙外行人。无情，指墙内佳人。恼，多情人为无情人而感到恼恨。

◎又

蝶懒莺慵春过半。花落狂风，小院残红满。午醉未醒红日晚，黄昏帘幕无人卷。

云鬓鬅松眉黛浅。总是愁媒，欲诉谁消遣。未信此情难系绊，杨花犹有东风管。

题解

这是一首闺怨词，作者借暮春景物，将一个多愁善感的伤春少女形象展露无疑。此词曹本移列误入词，邹王本列存疑词。《苏轼词新释辑评》编宋英宗治平三年（1066）三月。以待后考。

注释

- **残红：**落花。
- **鬅（péng）松：**头发蓬松散乱的样子。
- **愁媒：**导致愁绪的媒介。这里指暮春景致引起人的愁情。唐·李白《崔相百忧章》诗："金瑟玉壶，尽为愁媒。"
- **系绊：**捆缚，羁绊。

◎减字木兰花

送赵令晦之

春光亭下，流水如今何在也。岁月如梭，白首相看拟奈何。

故人重见，世事年来千万变。官况阑珊，惭愧青松守岁寒。

题解

宋神宗熙宁八年（1075）冬，作于密州。傅藻《东坡纪年录》：“熙宁八年乙卯，送东武令赵晦之归海州作《减字木兰花》。”此词亦当作于是时年冬。本词表达了作者对于时光流逝的感慨，对年华易老、仕途坎坷的感叹。

注释

- **“春光”二句：**寄寓着时光飞逝、往事如烟的感慨。唐·杜牧《题安州浮云寺楼寄湖州张郎中》诗：“当时楼下水，今日到何处？”
- **拟奈何：**准备怎么办。
- **“故人”二句：**故人重逢之际，恰逢世事变幻之秋。
- **官况阑珊：**为官的境况逐渐衰落与萧条。况，况味。
- **青松守岁寒：**《论语·子罕》：“岁寒，然后知松柏之后凋也。”

◎又

得书

晓来风细，不会鹊声来报喜。却羡寒梅，先觉春风一夜来。

香笺一纸，写尽回纹机上意。欲卷重开，读遍千回与万回。

题解

宋神宗熙宁七年（1074）正月作于丹阳。《苏轼词新释 辑评》云："苏轼奉命到常州、润州一带赈济饥民，七年正月一日过丹阳，本词就作于第二天。题目中所谓'书'，即指夫人王闰之从杭州寄来的家信。"全词表现出作者收到家信时，百读不厌、欲卷重开的喜悦心情，亲切温暖，真实生动，令人回味。

注释

- **书：**指苏轼妻子王闰之从杭州寄来的家信。
- **风细：**轻柔的风。
- **会：**领会，理解。
- **鹊声来报喜：**喻吉祥的兆头。五代·王仁裕《开元天宝遗事·灵鹊报喜》："时人之家闻鹊声，皆为喜兆，故谓灵鹊报喜。"
- **回纹：**详见《菩萨蛮》（落花闲院春衫薄）注释"回文"。

◎又

送别

天台旧路，应恨刘郎来又去。别酒频倾，忍听《阳关》第四声。

刘郎未老，怀恋仙乡重得到。只恐因循，不见而今劝酒人。

题解

宋哲宗元祐六年（1091）三月作于杭州。是时，东坡驻守杭州，奉诏回京任职，宣德郎马忠玉等人为其饯行，席上马赋《木兰花令》（来时吴会犹残暑）词，东坡作此词和《木兰花令》（知君仙骨无寒暑）以赠友人。

注释

- **“天台”二句：** 天台（tāi）山在浙江，此喻杭州。刘郎，苏轼自比。南朝宋 · 刘义庆《幽明录》中记载，汉明帝永平年间，剡县有刘晨、阮肇进入天台山采药迷路，其间遇到两位仙女，半年后才得以归家。当时已到了晋朝，他们的子孙也已过了七代。后来再去天台山寻访，踪迹已渺然。
- **“别酒”句：** 送别之际，频频举起的酒杯。南朝梁 · 萧衍《答任殿中宗记室王中书别诗》：“缓客承别酒，鸣琴和好仇。”
- **《阳关》第四声：**《阳关》，王维《送元二使安西》诗又名为《渭城曲》或《阳关曲》。《阳关》第四声，傅注：“公《杂书》云：‘旧传阳关三叠，然今世歌者，每句再叠而已，若通一首言之，又是四叠。皆非是。或每句三唱，以应三叠之说，则丛然无复旧节奏。予在密州，有文勋长官者，以事至密，自云得古本阳关，其声宛转凄断，不类向之所闻，每句皆再唱，而第一句不叠，乃知唐有三叠皆如此。及在黄州，偶得白居易《对酒》诗云：‘相逢且莫推辞醉，听唱阳关第四声。’注：第四声‘劝君更尽一杯酒。’以此验之，若第一句叠，则此句为第五声。今为第四声，则第一不叠审矣。”

- **仙乡：**原指天台山仙境，这里借指杭州。

- **“只恐”二句：**因循，照旧，此指拖延时间。《史记·太史公自序》：“其术以虚无为本，以因循为用。”不见而今劝酒人，唐·曹唐《刘阮再到天台不复见诸仙子》诗：“桃花流水依然在，不见当时劝酒人。”

◎又

赠小鬟琵琶

琵琶绝艺，年纪都来十一二。拨弄幺弦，未解将心指下传。

主人瞋小，欲向春风先醉倒。已属君家，且更从容等待他。

题解

宋哲宗绍圣四年（1097）二月作于惠州。琵琶小鬟即循守周彦质过惠州访苏轼时弹琵琶佐酒之小鬟。上片点明小鬟年纪尚幼琵琶技艺高超，但不善传情；下片规劝主人的非分所求，表现出作者对下层侍女的同情。

注释

- **琵琶：**指循守周彦质的弹琵琶的小鬟。
- **幺（yāo）弦：**傅注："幺弦，第四弦也。"
- **"未解"句：**唐·白居易《琵琶行》："转轴拨弦三两声，未成曲调先有情。弦弦掩抑声声思，似诉平生不得志。低眉信手续续弹，说尽心中无限事。"此处反白居易《琵琶行》意而用之，言小鬟年纪幼小，还不能指下传情。
- **瞋小：**瞋，怒。小，小鬟。
- **"欲向"句：**指主人对小鬟的非分之想。作者的戏语，隐含调侃。
- **"已属"二句：**谓小鬟为周彦质家妓，已属君家所有，当从容待其成长。

◎又

雪

云容皓白，破晓玉英纷似织。风力无端，欲学杨花更耐寒。

相如未老，梁苑犹能陪俊少。莫惹闲愁，且折江梅上小楼。

题解

宋哲宗元祐六年（1091）二月作于杭州。邹王本认为苏轼是位极富艺术气质的词人，且爱雪喜梅，长于吟咏。这时恰值梅开季节，又遇上杭州难得的大雪，不禁诗兴大发，直欲效法司马相如在梁苑伴枚乘、邹阳名士赋雪那样，写出一篇新《雪赋》来。但忽又想到"湖山公案"已使自己吃尽苦头，因此"莫惹闲愁，且折江梅上小楼"。诗人虽未能写出与前贤媲美的新《雪赋》，但也终未能忍住技痒，为曹辅、仲殊、参寥的咏雪诗写了和诗，同时也写了这首雪词。

一说作于宋神宗元丰四年（1081）十二月。是年冬，黄州大雪纷飞。东坡即景生情，作此词。上片写雪景，赞扬雪花的品质，又通过与杨花的对比表现其耐寒的特性；下片对雪欲诗又罢的心情，借司马相如之典表现作者才华未减的乐观心态，末句以轻松自然的语调自我安慰。

注释

- **“云容”二句：** 皓白，纯白、洁白。玉英，比喻雪花。雪纯白如玉，故名。
- **“风力”二句：** 无端，没来由的。唐·李商隐《无题》：“锦瑟无端五十弦，一弦一柱思华年。”杨花，柳絮。
- **“相如”二句：** 苏轼将自己比作司马相如。梁苑，西汉皇室贵族梁王刘武的园囿。《史记》卷五八《梁孝王世家》：“孝王筑东苑，方三百余里。广睢阳城七十里。大治宫室，为复道，自宫连属于平台三十余里。得赐天子旌旗，出从千乘万骑。东西驰猎，拟于天子。出言跸，入言警。招延四方豪桀，自山以东游说之士，莫不毕至。”俊少，英俊少年，指司马相如同伴枚乘、邹阳等人。南朝宋·谢惠连《雪赋》：“岁将暮，时既昏，寒风积，愁云繁。梁王不悦，游于兔园。乃置旨酒，命宾友，召邹生，延枚叟。相如末至，居客之右。”
- **“莫惹”二句：** 闲愁，无谓的愁情。且，何不。江梅，梅的一种。宋·范成大《范村梅谱》：“江梅，遗核野生，不经栽接者，又名直脚梅，或谓之野梅。凡山间水滨，荒寒清绝之趣，皆此本也。花稍小而疏，瘦有韵，香最清，实小而硬。”

◎又

银筝旋品，不用缠头千尺锦。妙思如泉，一洗闲愁十五年。

为公少止，起舞属公《公莫》起。风里银山，摆撼鱼龙我自闲。

题解

宋神宗熙宁七年（1074）十月作于润州。曹树铭《东坡词》云："考此词与诗集《润州甘露寺弹筝》可以相合。此诗首句为'多景楼上弹神曲'，编在熙宁七年甲寅。复考此词上片末句内之'十五年'，从嘉祐四年（1059）己亥终母丧后还朝起计算，适与此词之编年相合。可见此词与《采桑子》，系同时所作。"

注释

- **旋品：** 用手拨动银筝上的调音柱。
- **"为公"二句：** 少止，稍作停留。公莫，指古时的"公莫舞"，即后世的巾舞。《晋书》卷二三《乐志》："《公莫舞》，今之巾舞也。相传云项庄剑舞，项伯以袖隔之，使不得害汉高祖，且语项庄云'公莫'。古人相呼曰公，言公莫害汉王也。今之用巾盖像项伯衣袖之遗式。"
- **风里银山：** 汉·东方朔《神异经·南荒经》："西南有银山，长五十余里，高百余丈，悉是白银。"

摆撼鱼龙：古代幻术游戏，又称漫衍鱼龙。《汉书》卷九六下《西域传赞》：“设酒池肉林以飨四夷之客，作《巴俞》都卢、海中《砀极》、漫衍鱼龙、角抵之戏以观视之。”颜师古注：“鱼龙者，为舍利之兽，先戏于庭极。毕，乃入殿前激水化成比目鱼，跳跃漱水，作雾障目。毕，化成黄龙八丈，出水敖戏于庭。”

闲：通“娴”，熟练。

◎又

莺初解语，最是一年春好处。微雨如酥，草色遥看近却无。

休辞醉倒，花不看开人易老。莫待春回，颠倒红英间绿苔。

题解

此词上片写初春美好春光；下片劝慰人们要珍惜这大好春光，及时行乐，热爱生活。《苏轼词新释辑评》认为约作于宋仁宗嘉祐八年（1063）二月，“东坡时年二十八岁。是时，东坡以覃恩迁大理寺寺丞。赴任途中，过宝鸡,重游终南山。其弟子由闻之，寄《闻子瞻重游终南山》诗，东坡次韵，并作本词以寄”。聊备一说。

注释

- **“最是”句：** 出自唐·韩愈《早春呈水部张十八员外二首》其一诗：“天街小雨润如酥，草色遥看近却无。最是一年春好处，绝胜烟柳满皇都。”最，正，恰。
- **“微雨”二句：** 酥，乳酪。喻指雨水滋养万物。“草色”句亦出自前注韩诗。
- **“花不”句：** 不去观赏花开正盛之时的盎然生气，就仿佛错过青春的生机，人已渐渐走向衰老。
- **“莫待”二句：** 寄寓作者伤春、惜春的情绪。颠倒，纷乱。红英，落花。间，夹杂着。

◎行香子

清夜无尘，月色如银。酒斟时、须满十分。浮名浮利，虚苦劳神。叹隙中驹、石中火，梦中身。

虽抱文章，开口谁亲。且陶陶、乐尽天真。几时归去，作个闲人。对一张琴，一壶酒，一溪云。

题解

宋哲宗元祐八年（1093）作于定州。此词与出知定州所作《行香子》（三入承明）词意相连。上片写月夜饮酒，感悟人生虚名浮利只是梦幻一场，超脱世俗；下片抒发作者淡对人生的洒脱态度，只有真我才能真正快乐。本词集意趣与哲理为一身，淡薄物外，突出了苏轼能于起伏的人生看开、放下的乐观态度。

注释

- **十分：**古时一种饮器，用金银制成船形，内置风帆十只，其中都斟满酒，谓之“十分”。宋·郑獬《觥记注》：“南海出龟同鹤顶杯，酒船以金银为之，内藏风帆十副。酒满一分，则一帆举，饮干一分，则一帆落，真鬼工也。”
- **隙中驹、石中火：**喻人生短暂，如白驹过隙、火石摩擦出的火光一般，一闪而过。语出《庄子·知北游》：“人生天地间，如白驹之遇隙，忽然而已。”疏：“白驹，骏马也，亦言日也。隙，孔也。夫人处世，俄顷之间，其为迫促，如驰骏驹之过孔隙，欻忽而已，何曾足云也！”北齐·刘昼《新论·惜时》：“人之短生，犹如石火，炯然以过。”

- **梦中身：** 春秋·尹喜《关尹子·四符》：“知夫此身，为梦中身，随情所见者，可以飞神。”
- **“虽抱”二句：** 唐·杜甫《偶题》诗：“文章千古事，得失寸心知。”谁亲，犹谁爱也。
- **陶陶(yáo yáo)：** 和乐的样子。《诗经·王风·君子阳阳》：“君子陶陶……其乐只且。”
- **天真：** 不受礼俗约束的品性。《庄子·渔父》：“礼者，世俗之所为也。真者，所以受于天也，自然不可易也。故圣人法天贵真，不拘于俗。”疏：“真实之性，禀乎大素，自然而然，故不可改易也。”唐·王维《偶然作六首》其四诗：“陶潜任天真，其性颇耽酒。”
- **闲人：** 唐·白居易《闲行》诗：“五十年来思虑熟，忙人应未胜闲人。”
- **“对一”三句：** 宋·欧阳修《六一居士传》：“有琴一张，有棋一局，而常置酒一壶。”

◎又

病起小集（又名秋兴）

昨夜霜风，先入梧桐。浑无处、回避衰容。问公何事，不语书空。但一回醉，一回病，一回慵。

朝来庭下，飞英如霰。似无言、有意催侬。都将万事，付与千钟。任酒花白，眼花乱，烛花红。

题解

苏轼在本首词中透出愁闷、憔悴、消极的状态。冷寂的秋日中，作者的情绪懒散，提不起精神，表现作者病中颓废、愁闷孤寂之情。

注释

- **秋兴：**南朝梁·萧统《文选》卷一三潘安仁《秋兴赋》李善注："刘熙《释名》曰：秋，就也，言万物就成也。兴者，感秋而兴此赋，故因名之。"
- **书空：**以手在空中画画。
- **飞英如霰：**一作"光阴如箭"。飞英，落花。霰，雪珠。
- **烛花红：**南唐·李煜《玉楼春》词："归时休放烛光红，待踏马蹄清夜月。"烛花，烛心燃尽结成的花形。

◎点绛唇

月转乌啼，画堂宫徵生离恨。美人愁闷，不管罗衣褪。

清泪斑斑，挥断柔肠寸。瞋人问，背灯偷揾，拭尽残妆粉。

题解

谭新红《苏轼词全集》列入作年不详词。《苏轼词新释辑评》认为，约作于宋英宗治平二年（1065）二月。是时，东坡还朝，因见有大量歌女供王公贵族享乐，不禁心生感慨，表达了对歌女的深切同情。全词表现歌女们身不由己的悲惨生活：对家人的思念，背井离乡之苦，没有自由身，被压迫、剥削却逃离不了这样的生活与命运的无力感。不仅表达了作者对歌女们不幸命运的同情，也揭露了贵族统治阶层只顾自己奢靡享乐、不问世事的腐朽生活。

注释

- **月转乌啼：** 表明夜深。唐·张继《枫桥夜泊》："月落乌啼霜满天，江枫渔火对愁眠。"
- **宫徵：** 古代依十二律高下之次序，定宫、商、角、徵、羽、变宫、变徵为七声。后遂以宫徵代指乐曲。

- **罗衣：** 轻软丝织品制成的衣服。
- **清泪斑斑：** 泪痕斑驳。唐·李白《闺情》诗：“织锦心草草，挑灯泪斑斑。”
- **瞋人问：** 恼怒不愿人问。

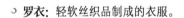

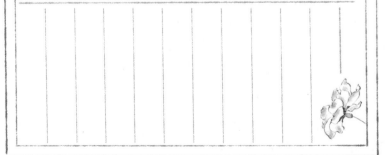

◎虞美人

冰肌自是生来瘦，那更分飞后。日长帘幕望黄昏，及至黄昏时候转消魂。

君还知道相思苦，怎忍抛奴去？不辞迢递过关山，只恐别郎容易见郎难。

题解

邹王本列入存疑词，谭新红《苏轼词全集》列入作年不详词。《苏轼词新释辑评》认为，“约作于宋神宗元丰三年（1080）一月。是时，东坡四十五岁，正从京城来黄州贬所途中”。全词表现女子对丈夫的思念难耐之情，思念之情转为嗔怨之意，其嗔其怨都只因对其思念之深。无尽的等待让女子愈发憔悴，而心上人始终不见归来，抒发了作者对妻子的想念，用女子口吻表达自己的相思之意。

注释

- **“那更”句：** 那更，何况。分飞，古乐府《东飞伯劳》：“东飞伯劳西飞燕。”
- **还：** 也。宋 · 秦观《水龙吟》词：“名缰利锁，天还知道，和天也瘦。”
- **迢递：** 遥远的样子。
- **关山：** 山名。

◎又

深深庭院清明过，桃李初红破。柳丝搭在玉阑干，帘外潇潇微雨做轻寒。

晚晴台榭增明媚，已拚花前醉。更阑人静月侵廊，独自行来行去好思量。

题解

邹王本列入存疑词，谭新红《苏轼词全集》列入作年不详词。《苏轼词新释辑评》认为，“约作于宋英宗治平二年（1065）二月。是时，东坡还朝，除判登闻鼓院。对所见京城达官贵人的庭院大有感慨，故填《虞美人》词以抒怀。”上片描写清明前后春天的痕迹慢慢显露，一切显得清凉，春雨之时带有微微的凉意；下片描写傍晚时分夕阳的温暖及夜晚庭院的幽静，不同时间的庭院勾勒出庭院不同的样子，给人以不同的感觉。

注释

- **深深庭院：** 宋·欧阳修《蝶恋花》词：“庭院深深深几许。”
- **破：** 这里指开花。
- **台榭：** 泛指楼台建筑物。
- **拚：** 即拼，竭尽全力。
- **更阑：** 更残，更尽，指残夜。

◎又

持杯遥劝天边月，愿月圆无缺。持杯更复劝花枝，且愿花枝长在莫离披。

持杯月下花前醉，休问荣枯事。此欢能有几人知，对酒逢花不饮待何时。

题解

邹王本、谭新红《苏轼词全集》列入作年不详词。《苏轼词新释辑评》认为，“约作于宋神宗元丰三年（1080）八月。是时,东坡被贬黄州刚过半年时间，继配王闰之来黄州也只有三个月。夫妻团聚，极不寻常，东坡特别珍惜这段美好时光。在七夕日写《菩萨蛮》（画檐初挂弯弯月）二首之后，又在中秋夜见月思圆，见花思春，作本词”。

注释

- **离披：** 凋零四散之意。战国 · 宋玉《九辩》：“白露既下百草兮，奄离披此梧楸。”
- **荣枯：** 以草木之盛衰，喻人世之浮沉。唐 · 杜甫《自京赴奉先县咏怀五百字》诗：“荣枯咫尺异，惆怅难再述。”

◎如梦令

春思

手种堂前桃李，无限绿阴青子。帘外百舌儿，惊起五更春睡。居士，居士，莫忘小桥流水。

题解

作于宋哲宗元祐元年（1086）春。作者以想象的方式表达自己对往年躬耕东坡生活的怀念和向往。

注释

- **百舌儿：**又称反舌，善鸣，其声多变，专在春天鸣叫。唐·严郾《赋百舌鸟》诗："此禽轻巧少同伦，我听长疑舌满身。星未没河先报晓，柳犹粘雪便迎春。频嫌海燕巢难定，却讶林莺语不真。莫倚春风便多事，玉楼还有晏眠人。"
- **居士：**苏轼自称。傅注："维摩诘虽处居家，常修梵行，故号居士。后人因袭此名，若庞居士、香山居士之类是也。"
- **"莫忘"句：**宋·陆游《入蜀记》卷三："（雪堂）正南有桥，榜曰小桥，以'莫忘小桥流水'之句得名。其下初无渠涧，遇雨则有涓流耳。"

◎又

题淮山楼

城上层楼叠巘，城下清淮古汴。举手揖吴云，人与暮天俱远。魂断，魂断，后夜松江月满。

题解

宋神宗元丰七年甲子（1084）十二月作于泗州。邹王本认为，“元丰七年苏轼由黄州团练副使移汝州团练副使过泗州，此词只能作于这时。由黄州赴汝州，四月自黄州出发，十二月一日才抵达泗州，长期徘徊于真州、润州、常州之间……还在宜兴买了庄田。其实他不想去汝州，决心归隐常州宜兴。但君命难违，只得一面上《乞常州居住表》给朝廷，一向迟缓北上。抵泗州巧遇淮水浅冻，居留泗州一月有余，得以在泗州游览名胜，写了大量诗词。这首词就是十二月中旬题在淮山楼上的，词中充满眷恋吴地之情。‘后夜淞江月满’，体现出他身在泗州、心念吴地的情态。”

注释

- **淮山楼：** 在泗州治所临淮，即旧部梁台。
- **层楼叠巘：** 层楼，指淮山楼。叠巘，重叠的山峰。宋·柳永《望海潮》词：“重湖叠巘清嘉。有三秋桂子，十里荷花。”
- **清淮：** 清澈的淮河水。淮河为古代四渎之一。
- **吴云：** 喻指南方的天空。
- **松江：** 指吴淞江。唐·李吉甫《元和郡县图志》卷二五《江南道一·苏州》：“松江在（吴）县南五十里，经昆山入海。”宋·乐史《太平寰宇记》卷九一《苏州·吴江县》：“吴江本名松江，又名松陵，又名笠泽。其江出太湖，二源：一江东五十里入小湖；一江东二百六十里入大海，至秋月多生鲈鱼，张翰所思鲈鲙之所也。”

◎阮郎归

梅花

暗香浮动月黄昏，堂前一树春。东风何事入西邻，儿家常闭门。

雪肌冷，玉容真，香腮粉未匀。折花欲寄岭头人，江南日暮春。

题解

薛本编于绍圣元年（1094），待考。此词咏白梅。上片化用典故表现梅花的幽香、雪白、朦胧与精致，表现其高洁、低调、含蓄的品质；下片表达了作者对于友人的思念之情。

注释

- **暗香浮动：**化用宋·林逋《山园小梅二首》其一诗："疏影横斜水清浅，暗香浮动月黄昏。"
- **儿家：**我家。唐·蒋维翰《春女怨》诗："儿家门户寻常闭，春色因何入得来。"
- **"雪肌"三句：**雪肌，莹骨冰肤，形容歌伎之美。冷，凝重。香腮，扑了香粉的脸。
- **江南：**指代黄州。借杜甫怀李白诗句，表达对友人的思念。傅注引《开州记》（按当为《荆州记》）："陆凯与范晔相善，自江南寄梅花一枝，诣长安与晔，赠诗曰：‘折花逢驿使，寄与陇头人。江南无所有，聊赠一枝春。’”南朝梁·柳恽《江南曲》：“汀洲采白苹，日暖江南春。”唐·杜甫《怀李白》：“渭北春天树，江东日暮云。”

◎诉衷情

琵琶女

小莲初上琵琶弦，弹破碧云天。分明绣阁幽恨，都向曲中传。

肤莹玉，鬓梳蝉，绮窗前。素娥今夜，故故随人，似斗婵娟。

题解

宋神宗熙宁七年（1074）十月，作于润州。傅藻《东坡纪年录》云："熙宁七年甲寅，东坡离京口呈元素作《醉落魄》《诉衷情》。"本词表现琵琶女技艺的高超与其美丽的容颜相得益彰，观之令人赏心悦目，表达了作者对琵琶女的赞赏之意。

注释

- **小莲：** 北齐后主高纬的爱妃冯淑妃，名小怜。小怜，又名"小莲"。《北史》卷一四《后妃下》："冯淑妃名小怜……慧黠能弹琵琶，工歌舞。"唐·杜牧《朱坡》诗："小莲娃欲语，幽笋稚相携。"
- **琵琶：** 又作"枇杷"。汉·刘熙《释名·释乐器》："枇杷，本出于胡中，马上所鼓也。推手前曰枇，引手却曰杷，象其鼓时，因以为名也。"《宋书》卷一九《乐记一》引傅玄《琵琶赋》曰："汉遣乌孙公主嫁昆弥，念其行道思慕，故使工人裁筝、筑，为马上之乐。欲从方俗语，故名曰琵琶，取其易传于外国也。"

- **碧云天：** 碧云飘飘的蓝天。唐·郑还古《赠柳氏妓》诗："词轻白纻曲，歌遏碧云天。"

- **曲中传：** 唐·杜甫《咏怀古迹五首》其三诗："千载琵琶作胡语，分明怨恨曲中论。"

- **莹玉：** 形容皮肤光洁如玉。

- **鬓梳蝉：** 晋·崔豹《古今注》卷下《杂注》："魏文帝宫人绝所爱者，有莫琼树、薛夜来、田尚衣、段巧笑四人，日夕在侧。琼树乃制蝉鬓，缥缈如蝉翼，故曰蝉鬓。"

- **绮窗：** 雕刻成装饰精美的窗子。晋·左思《蜀都赋》："开高轩以临山，列绮窗而瞰江。"

- **素娥：** 嫦娥之别称，此处为月亮的代称。南朝宋·谢庄《月赋》："引玄兔于帝台，集素娥于后庭。"李周翰注："嫦娥窃药奔月，月色白，故云素娥。"

- **故故：** 频频。唐·薛能《春日使府寓怀》诗："青春背我堂堂去，白发欺人故故生。"

- **婵娟：** 姿态美好的样子。唐·孟郊《婵娟篇》："花婵娟，泛春泉。竹婵娟，笼晓烟。妓婵娟，不长妍。月婵娟，真可怜。"唐·李商隐《霜月》诗："青女素娥俱耐冷，月中霜里斗婵娟。"

◎谒金门

秋兴

秋池阁，风傍晓庭帘幕。霜叶未衰吹未落，半惊鸦喜鹊。

自笑浮名情薄，似与世人疏略。一片懒心双懒脚，好教闲处着。

题解

绍圣二年（1095）秋作于惠州。上片描绘秋景，微风吹拂，还未有彻骨的寒意，吹醒熟睡的乌鸦和喜鹊，凉爽的气息令人愉悦；下片抒发作者闲散疏懒的情绪，表现了作者对官场失意的无奈和自我宽慰，于秋色中疏解心中的郁闷。

注释

- **半：** 量词，这里意为微微、稍微。
- **疏略：** 疏忽，忽略。南朝梁·江淹《恨赋》：“脱略公卿，跌宕文史。”
- **“一片”二句：** 不愿思考，也不愿奔走。好教闲处着，唐·司空图《题休休亭》：“休休休，莫莫莫。伎俩虽多性灵恶，赖是长教闲处著。”

◎调笑令

归雁，归雁，饮啄江南南岸。将飞却下盘桓，塞外春来苦寒。寒苦，寒苦，藻荇欲生且住。

题解

宋神宗元丰五年（1082）三月，作于黄州。通过写归雁在自然之中的寒苦生活，透露出作者去留黄州的彷徨心态。

注释

- **“归雁”三句：**《庄子·养生主》：“泽雉十步一啄，百步一饮。”南朝宋·何承天《雉子游原泽篇》：“饮啄虽勤苦，不愿栖园林。”
- **盘桓：**徘徊不前。
- **藻荇：**《诗经·召南·采蘋》：“于以采藻，于彼行潦。”毛传：“藻，聚藻也。”陈奂疏：“藻《说文》引《诗》作薻，或作藻……孔疏引义疏云：‘生水底，有二种：其一种叶如鸡苏，茎大如箸，长四五尺；其一种茎大如钗股，叶如蓬蒿，谓之聚藻。’”荇，隋·颜之推《颜氏家训·书证第十七》：“先儒解释皆云：水草，圆叶细茎，随水浅深。今是水悉有之，黄花似莼，江南俗亦呼为猪莼，或呼为荇菜。”

揽辔登车慕范滂
神人姑射仰蒙庄

苏轼小传

人生忽如寄，诗酒趁年华

苏轼（1037—1101），字子瞻，又字和仲，号东坡居士。北宋眉州眉山（今属四川省眉山市）人，祖籍河北栾城，北宋著名文学家、书法家、画家。苏轼出身书香门第，父亲苏洵是著名的散文家，母亲程氏秀外慧中、知书达理。苏轼少年时代便呈现出两种鲜明的个性。一个是儒家“士当以天下为己任”积极用世的志意，这是中国读书人的美好品质和传统。苏轼少时从母读书，一次读到《后汉书·范滂传》，为范滂之正直清廉且在年轻时就有澄清天下之志所触动，便对母亲说：“我长大后希望做范滂这样的人，您同意吗？”母亲回答：“你能做范滂，我为什么不能做范滂的母亲呢？”这是苏母对其潜移默化的影响。东坡一生，光明磊落，爱憎分明，虽然屡遭贬谪，屡受迫害，但仍然保持乐观的心态并坚持自己最初的本心和理想，这是其志意的一面。此外，东坡少年时喜读《庄子》，他曾经说："若昔有见，口未能言，今见是书，得吾心矣。"(《宋史 · 苏轼传》)他少年时代便能将儒、道两家美好的品德和修养融合到自己的身上，这对其一生的生活和文学创作产生了深远的影响。

东坡一生仕途坎坷，三起三落。宋神宗熙宁四年（1071），他上书谈论新法的弊病，激怒了以王安石为代表的改革派。东坡自请出京任职，熙宁四年至熙宁七年被派往杭州任通判。宋神宗熙宁七年（1074），苏轼调任密州（今山东省诸城）任知州。任职期间，东坡革新除弊，因法便民，颇有佳绩。政治上的挫折反而促使东坡体验了更丰富多彩的人生，开拓出了更广阔的文学天地。许多脍炙人口的佳作，如《水调歌头》（明月几时有）、《江城子 · 密州出猎》（老夫聊发少年狂）等均作于此时。

宋神宗元丰二年（1079），东坡调任徐州任知州。上任后，他立即给皇上写了一封《湖州谢表》，新党借机发起"文字狱"。这就是北宋著名的"乌台诗案"。东坡在狱一百零三天，出狱之后被贬为黄州团练副使，地位低微，并无实权。东坡到任后，曾多次到黄州城外的赤壁山游览，写下了《赤壁赋》《后赤壁赋》和《念奴娇 · 赤壁怀古》等千古名作，以此来寄托谪居之感。谪居黄州之时，东坡的心路历程发生了重要转变。因仕途失意，政治理想破灭，他有心灰意冷、忧愤不平的一面，然而却并没有沉溺其中，亦没有一蹶不振。他从最初“拣尽寒枝不肯栖，寂寞沙洲冷”（《卜算子·黄州定慧院寓居作》）的幽愤孤寂，到“小舟从此逝，江海寄余生”（《临江仙·夜归临皋》）的遗世独立，再到“归去，也无风雨也无晴”（《定风波·莫听穿林打叶声》）的旷达潇洒，我们从中可以窥测出一位个性鲜明的东坡居士的形象。

元丰七年（1084），东坡离开黄州奉诏赴汝州就任。由于长途跋涉，旅途劳顿，东坡的幼儿不幸夭折。汝州路途遥远，且路费已尽，再加上丧子之痛，东坡便上书朝廷，祈居常州，后被批准。常州景色优美，自己定居常州的愿望得以实现。他写下《满庭芳》（归去来兮）词表达自己的欣喜之情。元丰八年（1085），东坡在常州贬所，归居宜兴，在前途未定之时，产生了归田之意。此时的他已经年近半百，半生飘零，不复有少年之志，且常州是自己理想之所，故有是心。《菩萨蛮》（买田阳羡吾将老）表达了东坡此时的心情。

然而世事无常，神宗驾崩之后，他得到宣仁太后的青睐，哲宗元祐元年到八年（1086—1093），他从中书舍人升翰林学士知制诰、知礼部贡举、龙图阁学士。虽位高权重，但是朝廷之中党争不断，东坡既不能容于新党，又不能见谅于旧党，因此数度自请外调。元祐六年（1091）八月，东坡调任颍州任知州；元祐七年（1092）二月，调任扬州任知州；元祐八年（1093）九月，调任定州任知州。元祐八年宣仁太后去世，哲宗执政，新党再度登台，绍圣元年（1094）六月，东坡被贬为宁远军节度副使，再次被贬至惠阳（今广东惠州市）。东坡将家人安置于常州，仅带苏过与侍妾朝云远赴岭南。在岭南的生活虽然苦闷，但东坡善于排解心绪，他苦中作乐，一次苏轼要朝云唱《蝶恋花》（花褪残红青杏小）词，朝云歌喉将啭，泪满衣襟。东坡便问其故，朝云回答道："奴所不能歌，是'枝上柳绵吹又少，天涯何处无芳草'也。"东坡大笑道："是吾正悲秋，而汝又伤春矣。"朝云不久抱疾而亡，于是东坡再也不听此词。

绍圣四年（1097），年过花甲的东坡被贬儋州（今海南儋州市）。虽然地处荒远，但东坡把海南视为自己的第二家乡，他曾说："我本儋耳民，寄生西蜀州。"徽宗即位后，苏轼被调廉州安置、舒州团练副使、永州安置。

元符三年（1100）四月遇大赦，东坡复任朝奉郎，北归途中，于建中靖国元年七月二十八日（1101年8月24日）卒于常州。次年，其子苏过遵嘱将父亲灵柩运至汝州郏城县（今河南郏县）安葬。宋高宗即位后，追赠东坡为太师，谥为“文忠”。

纵观东坡一生，数度起落，然而其始终能于苦中求乐，所到之处，发展生产，传播文化，造福一方。就文学创作方面而言，东坡诗文词赋俱佳，是当之无愧的一代文豪。

索引目录

七画

八画

九画

十画

图书在版编目（CIP）数据

一蓑烟雨任平生：苏轼词. 下 / (加) 叶嘉莹主编；陆有富注. -- 北京：台海出版社, 2024.1
ISBN 978-7-5168-3650-7

Ⅰ. ①一… Ⅱ. ①叶… ②陆… Ⅲ. ①苏轼（1036-1101）- 宋词 - 诗歌欣赏 Ⅳ. ①I207.23

中国国家版本馆CIP数据核字(2023)第187413号

一蓑烟雨任平生：苏轼词·下

主　　编：(加)叶嘉莹　　注　　者：陆有富

出 版 人：蔡　旭　　责任编辑：俞滟荣

出版发行：台海出版社
地　　址：北京市东城区景山东街20号　邮政编码：100009
电　　话：010-64041652（发行，邮购）
传　　真：010-84045799（总编室）
网　　址：www.taimeng.org.cn/thcbs/default.htm
E-mail：thcbs@126.com

经　　销：全国各地新华书店
印　　刷：北京中科印刷有限公司
本书如有破损、缺页、装订错误，请与本社联系调换

开　　本：787毫米×1092毫米　1/32
字　　数：393千字　印　　张：25.5
版　　次：2024年1月第1版　印　　次：2024年1月第1次印刷
书　　号：ISBN 978-7-5168-3650-7

定　　价：198.00元（全三册）

学术支持：内蒙古师范大学中华诗教传承研究中心、
国家通用语言文字普及教育与研究团队、古籍整理与传统文化传承研究创新团队